나는 실패한 라이카가 아니다

나는 실패한 라이카가 아니다

초판 1쇄 2020년 9월 20일

글쓴이 | 박상률
펴낸곳 | 도서출판 단비
펴낸이 | 김준연
편집 | 작은배
디자인 | 구민재page9
등록 | 2003년 3월 24일(제2012-000149호)
주소 | 경기도 고양시 일산서구 고양대로 724-17, 304동 2503호(일산동, 산들마을)
전화 | 02-322-0268
팩스 | 02-322-0271
전자우편 | rainwelcome@hanmail.net

ⓒ박상률, 2020

ISBN 979-11-6350-028-5 43810
      978-89-967987-4-3 (세트)

값 11,000원

단비 청소년 문학 42.195 31

나는 실패한 라이카가 아니다

박상률 소설집

단비
danbi

차례

나는
실패한
라이카가
아니다

사람은 평평한 맨땅에서도 미끄러져 목이 부러지기도 한다.

여기 우주선 안에서도 어떤 일이든 일어날 수 있다.

내가 돌아오지 못하더라도 너무 슬퍼하지 말기를….

가가린은 지금 우주선 '보스토크1호'에 타고 있다. 그는 며칠 전에 써서 집 책상 서랍에 두고 온 편지를 떠올렸다.

불안감이 밀려왔다. 어쩔 수 없는 불안감…. 그는 가족들이 자신의 유언이 담긴 편지를 읽을 일이 없기를 바랐다. 가족들이 자신의 편지를 읽으며 슬퍼할 걸 생각하자 불안감을 더욱 떨칠 수 없다.

몇 년 전 집을 나와 거리를 떠돌던 개가 우주선을 탔다. 나중에 '라이카'라는 이름이 붙은 떠돌이 개가 목숨 달린 생물체로선 처음으로 우주선을 탄 것이다. 하지만 라이카는 몇 시간 만에 죽었다.

이제 개가 아닌 사람이 우주선을 탄다. 사람 우주인은 가가린 자신이다. 어쩌면 자신도 개 라이카처럼 죽을지 모른다. 하필 자신이 라이카의 대타로 뽑히다니….

그러나 이제 어쩔 수 없다. 목숨을 걸고 우주로 떠날 수밖에 없다.

파예할리!

그래 가자….

나는 '파예할리'라는 말의 의미를 조금은 알고 있다. '파예할리'는 어떤 결정을 내려야 할 때 아빠가 곧잘 쓰는 말이다. 아빠는 '파예할리'가 러시아 말이라 철자는 어떻게 쓰는 줄도 모르지만 어려서부터 입에 붙어 있어서 익숙하다고 했다.

아빠는 어렸을 때 적성국가 소련이 우방이라고 하는 미국을 제치고 우주선을 먼저 쏘아 올렸다는 사실을 알고 충격을 받았단다. 아빠와 같은 초등학교 아이들이었던 아빠 친구들은 그 점이 의아했다.

"소련이 사람이 탄 우주선을 쏘아 올렸대!"

"미국이 아니고?"

"분명히 소련이야. 우주선에 탄 사람은 소련 공군 가가린이래!"

"가가린? 뭔 이름이 그러냐? 꼭 사카린 같애!"

아빠를 비롯한 아이들은 미국이 아닌 소련이 사람이 탄 인공위성을 하늘로 쏘아 올렸다는 사실을 믿지 않았다. 그런 일이라면 당연히 미국이 해야 하는 것으로 알고 있었는데, 소련이 하다니! 미국은 좋은 나라이고 소련은 나쁜 나라잖아? 그런데 나쁜 나라 소련이 인공위성을 쏘아 올렸다고? 소련 공군 중위 가가린이 최초 우주 비행사가 되다니, 그동안 미국은 뭘 하고 있었지?

미국만이 아니다. 대한민국은 더 큰 충격에 싸였다. 소련이 그해 4월 공군 소속 가가린이라는 중위가 탄 우주선을 하늘로 쏘아 올릴 때, 대한민국 군인들은 육군 소장을 중심으로 나라를 뒤엎을 준비를 하고 있었단다. 대한민국에선 이른바 5·16 쿠데타 탓에 소련의 가가린 우주선 충격이 이내 곧 묻히고 말았다.

그래서 아빠는 나중에 고등학생이 되어서야 '파예할리'의

뜻을 알게 되었다. 가가린이 그런 말을 할 때의 심정도 그때서야 느껴졌다.

파예할리….

기왕 여기까지 왔으니, 가자, 가보자!

이제는 갈 수밖에 없는, 체념이 담겨 있는 말. 얼마나 가기 싫었을까?

5·16쿠데타를 일으킨 군인들의 심정도 그랬을까? 그들은 나라를 뒤엎기 위해 한강 다리를 넘어가면서, 그들도 '그래 가자' 그랬을까?

그들은 쿠데타로 정권을 잡고 나자 모든 책의 뒷면에 '혁명 공약'이라는 걸 붙이게 했다. 아빠가 가가린에 대해 자세히 알게 된 것은 역설적이게도 군인들의 혁명공약이 붙어 있던 사전이었다. 사전의 '가' 항목 첫 부분에 '가가린'이 있었다. 아빠는 가가린 부분을 읽으며 익힌 '파예할리'가 자신의 단골 간투사가 될지 그땐 몰랐다.

나의 지금 심정도 '파예할리'다. 아빠가 머뭇머뭇하다가 순간적으로 내뱉는 말을 나도 내뱉게 되었다.

사실 나는 아빠가 늘 못마땅했다. 여름 휴가 때면 바다로 갈까 산으로 갈까 결정을 못 내리고, 겨울 휴가 때면 고향 집으로 갈까 스키장으로 갈까 고민했다. 아빠는 가장으로서 늘 망설였다. 그러다 한곳으로 마음을 정하면 마지못한 듯, 체념한 듯, '파예할리'를 내뱉었다. 나에게 아빠의 '파예할리'는 우유부단하다 못해 자포자기 심정으로 내뱉는 말로 들렸다.

물론 아빠도 하고 싶은 게 있었다. 그러나 포기했다. 아빠는 시인이 되고 싶었단다. 그러나 아빠가 시인을 꿈꾸기에 아빠가 걸머져야 할 집안의 현실은 절망적이었다. 6남매의 장남인데다 부모님과 조부모님까지 아빠가 모셔야 했단다. 그래서 아빠는 가정을 구해야 한다는 절박한 현실 앞에서 꿈을 접어야 했다. 아빠는 자신이 가야 할 길을 알고, 자신이 가져야 할 직업을 알고, 그 길을 걸어갔다. 시인의 꿈은 파예할리라는 말로 날려버렸다.

아빠의 파예할리는 어찌 보면 포기였다, 체념이었다…. 그런데 지금 내가 그 흉내를 내고 있다. 이래서 욕하면서, 흉보면서 닮는다는 말이 생겼는지도 모른다. 하지만 나의 파예할리는 새로운 길에 대한 결심이다, 라고 애써 자위한다. 나의 파예할리는 도전이고, 떨림이다. 가가린의 파예할리도 처음엔 두려움에 따른 체념이었겠지. 새로운 길은 언제나 두려움과 함께 한다. 때론 체념이 새로운 도전으로 바뀌기도 하는 법. 도전은 곧

떨림이고….

교실에 비둘기가 날아들었다. 열린 창문을 통해 화단에서 놀던 비둘기가 길을 잘못 잡아 교실로 날아든 것이다. 비둘기는 운동장 쪽으로, 넓은 하늘로 날아가려 했는지 모른다. 그런데 운동장보다 좁은 교실로, 하늘보다 좁은 교실로 날아들고 말았다. 비둘기는 애초에 교실은 염두에 두지도 않았을 것이다.

비둘기가 교실 벽에 부딪히기도 하고 칠판에 미끄러지기도 하면서 나갈 곳을 못 찾아 이리저리 퍼덕거리며 돌아다니자 아이들은 웅성거렸다. 더러는 책을 던지기도 하고 소리를 지르기도 했다. 아이들이 호들갑을 떨수록 비둘기는 더 당황스러워하며 좌충우돌했다. 나는 그 순간 '날아라 비둘기야, 날아라!'라는 말을 떠올렸다. 가가린이 우주선을 탔을 때 부른 노래라지. 비둘기가 마치 가가린 같았다. 아이들의 박수와 방해를 동시에 받으면서, 마지못해 교실 안을 날아다니는 비둘기. 어쩌면 내 꼴 같기도 했다. 이리저리 벽에 부딪치며 창문을 찾던 비둘기는 마침내 열린 창으로 교실을 빠져나갔다. 나는 드디어 안심했다.

날아라 비둘기야, 날아라!

가가린도 자신이 갈 곳이 어딘지 알고 있었지만 망설였다.

그래서 당시 유행하던 노래를 자신도 모르게 나직이 불렀을 것이다. 날아라 비둘기야, 날아라…. 나도 내가 가야 하는 곳을 알고 있다. 그러나 망설여진다. 교실로 잘못 들어온 비둘기처럼, 나도 학교에 잘못 들어와 있다. 그렇다면….

종례시간이 되었다. 담임선생님은 오늘도 훈시랍시고 한바탕 연설을 하였다. 그러고는 마지막으로 다그치듯 한마디를 덧붙였다.

"꿈을 크게 가지세요. 꿈꾸는 자만이 미래를 열 수 있습니다. 집에 가더라도 그냥 쉬거나 자지 말고 열심히 공부를 해야 합니다. 오늘 열심히 공부해야 여러분의 미래가 바뀝니다. 하다못해 남편감이 달라지지요! 이상."

담임선생님은 나름대로 아이들을 걱정해주느라 잔소리를 늘어놓는 것이다. 하지만 담임선생님의 걱정 어린 말을 진심으로 듣는 이는 아무도 없다. 모두들 종례가 얼른 끝나 학교를 빨리 벗어났으면 한다. 속으로 저런 잔소리장이를 만나려고 사모님은, 봄부터 소쩍새가 되어 울었나 보다, 가 아니라 여고 3년 내내 잠도 안 자고 꿈을 크게 갖고 공부했겠거니 생각했다. 그런 노력의 결과 어렵고 어려운 임용고사를 통과한 담임선생님을 '드디어' 만났겠지. 어쩌면 속으론 다들 그런 생각을 하고 있을 것이다. 아이들 생각도 나와 같을 테니까.

담임선생님이 아이들보다 조바심을 더 낸다. 잔소리하는 재미로 교사를 하는 담임선생님! 그럴 것이다. 우리가 없었으면 어쩔 뻔했나? 담임선생님은 '이상!'이라는 말을 몇 번이나 더 하고서야 종례를 마쳤다.

교실을 나섰다. 집에 갈 시간이다. 하지만 집에 가기 전에 들러야 할 곳이 하나 더 남아 있다. 학원. 집에 갈 시간이지만 곧바로 집으로 갈 수 없다. 교문 밖에 학원 차가 기다리고 있다.

'이 차의 종점은 한국대학입니다'

노란색의 학원 차 옆구리에 붙어있는 흰 현수막에 검고 빨간색으로 쓰여 있는 글씨이다. 학원 차의 종점이 학원이 아니고 '한국대학'이란다. 학원 차만 타면 한국대학까지 데려다주는가? 한국대학은 우리 집과는 반대편에 있어 족히 두 시간은 가야 하는데…. 나는 그 말이 그런 뜻이 아니란 걸 알지만 괜히 엉뚱한 생각을 해보았다.

한국대학은 전교에서 1등을 해야 가까스로 갈 수 있다. 그 등수를 유지하기 위해선 그야말로 인간이어선 안 된다. 잠도 자는 둥 마는 둥 해야 하고, 친구들과 수다도 떨어선 안 되고 오로지 책만 들이파야 한다. 거기 갈 학생이 들이파야 할 책은 당연히 참고서이다. 수석 입학자들이 과외도 하지 않고 교과서만 열심히 읽어서 들어왔다고 하는 말에 속아선 안 된다. 거기가기 위해선 학원도 열심히 다녀야 하고 학원교재를 비롯 이름난 참고서는 모두 달달 외워야 한다. 한눈을 팔아선 절대 안된다. 그런데 담임선생님은 꿈을 크게 가지라고 한다. 꿈꾸는 자만이 미래를 열 수 있다고 한다.

꿈을 꾸기 위해선 무엇보다도 잠을 자야 한다. 그런데 담임선생님이고 학원 강사고 간에 '네 성적으로 잠이 오냐?'라고 윽박지른다. 그들 모두 애초에 꿈을 꿀 수도 없게 만들어버린다. 물론 그들이 말하는 꿈이 잠잘 때 꾸는 꿈이 아니고 희망의 다른 말인 줄을 모르는 바 아니다. 그러나 배배 꼬인 마음은 그런 비유적 표현을 받아들일 여유가 없다. 내 마음은 마냥 직설적이고 직선적이다.

종점이 한국대학인 학원 차를 타고 학원에 왔다. 학원 주차장에 내려서 보니 차 뒤엔 '이 차에는 1등 학생들이 타고 있습니다!'라는 문구가 적힌 광고 현수막도 붙어 있었다. 내가 1등? 한국대학을 가려면 역시 1등을 해야 하는구나….

나는 학교 교실에서 학원 강의실로 옮겨왔다. 교실을 벗어나 운동장과 하늘로 날아간 비둘기가 되지 못했다. 비둘기만도 못한 나의 존재. 가가린이 우주여행을 떠나기 전에 읊조렸다는 노래가 또 떠올랐다.

날아라 비둘기야, 날아라!

하지만 나는 날지 못하는 비둘기가 되어 장소만 달리해 또 갇혔다. 1등이 아니면서도 유령 한국대학에 와 있다. 학원 차에 타면 누구나 1등이 된다. 학원 차엔 1등 학생들이 타고 있다잖아!

가가린이 우주선을 타기 전에 떠돌이 개 라이카를 우주선에 태웠단다. 나중에 사람을 우주선에 태우기 위해 먼저 개를 태워본 것이다. 근데 라이카는 가가린이 우주선에 오르는 것에 별 다른 도움을 주지 못하고 곧 죽고 말았다. 어쩌면 곧 죽었다는 사실이 가가린에겐 도움이 되었는지도 모른다. 그래서 가족들에게 유언을 써놓을 수 있었겠지.

라이카가 하루도 견디지 못하고 죽었는데도 당시 소련 정부는 인공위성이 우주를 도는 나흘 동안 라이카도 내내 살아 있었다고 발표했다. 선전 효과를 노리기 위해서였다. 사실 라이카는 우주선 발사 뒤 다섯 시간도 채 못 되어 죽고 말았단다. 엄청난 스트레스와 우주선 내부의 뜨거운 열을 견디지 못했다고 한다. 그런데도 당국의 관료들과 우주 기지의 과학자들은 오로지 하늘로 쏘아 보낸 우주선이 성공했다고만 떠들어댔다. 라이카의 운명엔 애초에 관심이 없었다. 그러기에 지구로 다시 돌아오는 기능이 없는 인공위성에 라이카를 태워 우주여행을 떠나도록 했을 것이다.

내가 딱 그 짝이다. 지금 스트레스를 엄청 받고 있다. 어쩌면 그 스트레스 때문에 열 받아 죽을지도 모른다. 게다가 지금 생활이 잘못된 줄은 알겠는데, 처음으로 돌아갈 수도 없다. 그런데도 어른들은 나의 현재 삶이나 미래의 운명에는 아무런 관심이 없다. 오로지 자신들이 정한 길을 내가 걸어가 주기만 바란다. 아무런 저항도 하지 못 하는 나. 그 옛날 라이카의 운명과 뭐가 다를까? 가가린이니 라이카니 하는 우주 여행자들의 이름을 아빠를 통해서 알게 되었으니, 역설도 이런 역설이 없다.

오빠는 나보다 두 해 전에 대학에 갔다. 오빠는 숨 막히는 고등학교 시절을 잘 견뎌내고 자신의 소임을 마쳤다. 한국대학처럼 종합대학은 아니지만 한국대학에 버금가는, 자연계가 특성화 되어 있는 대한대학에 들어간 것이다. 대한대학은 서울과 멀리 떨어진 지역에 있어 오빠는 그 학교의 기숙사에서 생활한다.

내게 오빠는 성공한 라이카다. 부모님은 걸핏하면 오빠를 들먹이며 나도 그러해야 한다고 했다. 오빠처럼 대학 진입에 성공해야 한다고 한다. 다만 나까지 집을 떠나버리면 집이 너무 적막해질 테니까, 내가 먼 데 있는 학교로 가는 건 바라지 않고 집에서 다닐 수 있는 가까운 학교로 가기를 원한다. 그래서 종점이 한국대학인 학원에 보낸다.

궤도를 제대로 돌지도 못하고 죽은 라이카. 우주 진입을 하기도 전에 죽은 라이카. 그러나 나는 진입하고 싶다. 그리고 궤도를 잘 돌고 싶다. 내가 가야 하는 곳을 종점으로 삼아.

아빠는 인자함 속에 감춰진 단호함으로 은근히 나를 압박한다.

"한 형제라 해도 아롱이다롱이 다 다르단다. 너는 오빠를 의식할 필요는 없어. 근데 이럴 때 네 오빠 같으면 어떻게 했을까?"

오빠를 의식할 필요는 없다면서 오빠 같으면 어떻게 했을까, 하며 묻는다. 압박이다. 오빠가 한집에 없는 게 다행이긴 하다. 하지만 아빠는 내가 성적이 떨어지거나, 잠을 많이 자거나, 컴퓨터를 오래 하거나 하면 어김없이 오빠를 들먹인다. 아빠의 꿈이 한때 시인이었다는 게 실감이 되지 않았다.

어쨌든 오빠는 아빠의 좋은 선례이다. 그것도 살아 있는, 성공한 선례이다. 죽지 않고 지구에 무사히 다시 돌아온 라이카! 오빠가 딱 그 짝이었다. 나는 걸핏하면 오빠에 견주어진다. 그래서 나는 선례를 잘 참고하여 더 성공해야 한다.

나는 보스토크1호에 탄 가가린의 심정을 알 수 있다. 그는 살아 돌아오기만 해도 성공이다. 라이카가 죽었으니 모두들 그에게 더 큰 기대를 하지 않았다. 그래도 그는 불안을 떨쳐버리지 못했다. 근데 나는 살기도 해야 하지만, 그보다 더 큰 것을 보여주어야 한다. 이른바 성공을 해야 한다. 오빠보다 더 나은 성적을 보여주어야 한다.

나는 지금 대학 진학이라는 보스토크1호를 타고 있다. 하지만 나의 미래 호는 지금 타고 있는 보스토크1호가 아니다. 내가 탈 나의 미래 호는 나도 알 수 없다. 그런데 모두들 나의 미래 호를 자신들이 결정해주며 나더러 그냥 타고 있으라고만 한다. 근데 그냥 타고만 있으면 나도 모르는 미래가 결정될까? 학교 담임선생님이, 학원 강사가, 아니 아빠가 나와 교신을 하고 나의 고충을 들어주고 내가 무사히 미래로 갈 수 있게 해줄까? 나는 관제탑 역할을 하는 어른들을 무조건 믿고 힘없이 '파예할리'만 읊조리면 되는가?

나는 실패한 라이카가 아니다. 당연히 성공한 오빠도 아니다. 오빠가 아무리 공부를 잘했어도, 부모님이 칭찬할 정도로 잘해 좋은 대학에 무난히 들어간 오빠는 왜 굳이 집을 떠나 기숙사가 있는 학교로 갔을까? 적성? 미래? 그런 것 같지 않다. 오빠는 그냥 집에서 벗어나고 싶었는지 모른다.

"해미야, 올 1년만 참아. 너도 네 우주선을 탈 날이 멀지 않았어!"

오빠는 지난 주말에 집에 왔을 때 내게 알쏭달쏭한 말을 했다. 오빠는 내 속마음을 다 알고 있다는 듯이 굴었다.

"사람은 누구나 자기에게 맞는 게 있어."

나는 오빠가 지금 전공이 자신에게 맞는 것이라고 생각했다.

"오빠는 이름에 맞는 공부를 하고 있어 좋지?"

오빠 이름 '해룡(海龍)'은 바다의 용으로 푼다. 오빠는 '바다의 용'이라는 이름에 걸맞게 배의 기관 같은 걸 설계하는 걸 배운다. 그렇다면 나는? 내 이름은 해미(海美)다. 바다가 예뻐? 그래서 그런지 바다에서 나는 수산물은 무엇이든지 좋아하고 그걸로 요리하는 걸 좋아한다. 우리 남매 모두 하늘을 나는 우주선과는 이름부터 관련이 없다. 오히려 바다 쪽에 더 친밀감을 느낀다. 물론 이름 가지고 이런 판단을 할 수는 없다. 그냥 그렇다는 것이다. 그런데 자꾸만 그럴싸한 생각이 든다.

오빠는 공부를 잘해서 집을 떠날 수 있었고, 자신의 이름에 걸맞은 전공을 찾았다. 그다지 즐거워하는 성싶지는 않지만 그 정도면 만족 못 할 까닭도 없다는 표정이었다. 나는 공부보다는 요리하기를 좋아한다. 요리 가운데서도 바다에서 나는 해산물을 가지고 하는 요리를 좋아한다. 바닷고기를 저미거나 튀기거나 탕으로 끓이는 걸 다 좋아한다. 생각해보아도 내가 한 요리가 맛있다.

중학교 때까지는 엄마가 시장 봐오면 내가 생선탕이나 생선 튀김 요리를 했다. 내가 조리해서 내놓으면 식구들 모두 맛있다면서 잘 먹었다. 아빠, 오빠는 물론 엄마까지도 나를 칭찬했다.

"해미가 끓인 해물탕 맛이 엄마가 끓인 것보다 훨씬 더 맛있는데! 해물탕은 이래야지….

아빠는 내가 끓여낸 해물탕 맛이 최고라고 했다. 아빠가 그렇게 말해도 엄마는 싫은 표정이 아니었다.

"해미는 나중에 시집가면 음식 잘하겠어!"

엄마는 내 음식 솜씨를 결혼하고도 결부시켰다.

그런데 고등학교에 들어가자 부모님의 태도가 싹 변했다.

"지금 해미 네가 관심 가질 것은 요리가 아니야. 요리하는 꿈은 나중에 꿔도 돼!"

아빠는 더 이상 내 해물탕 맛을 보면 소주 생각이 난다고 하지도 않았다.

"요리 같은 건 공부하고 상관없어. 맛있는 건 식당에 가서 얼마든지 먹을 수 있어! 이젠 고등학생이야. 요리 같은 건 꿈도 꾸지 마!"

엄마도 내 요리 솜씨를 아예 깔아뭉갰다.

다만 오빠만 살짝 이런 말을 해줄 뿐이었다.

"해미야, 네 꿈을 버리지 마. 사람은 자기 꿈을 이루면서 살아야 행복하대."

담임선생님은 꿈을 크게 꾸라고 했다. 아빠는 나중에 꾸라고 했다. 엄마는 아예 꾸지 말라고 했다. 오빠는 꿈을 버리지 말고 이루라고 했다.

내 꿈은 바다 요리는 물론 다른 요리도 맛있고 먹음직스럽게 해내는 멋진 요리사다. 그래서 고등학교에 진학할 때도 그런 걸 배울 수 있는, 요리 관련 학과가 있는 조리고나 관광고에 가려고 했다. 그러나 부모님은 물론 중3 담임선생님의 저항에 막혀 그러지 못했다.

"요리는 굳이 고등학교 전공으로 하지 않아도 돼. 어린 나이에 일부러 하지 않아도 된다는 말이야. 나중에 대학에 그런 전공으로 얼마든지 갈 수 있어."

아빠는 큰 소리를 내지 않았지만 요리를 배우기엔 내가 너무 어리다고 하면서 돌려 말했다.

엄마는 아예 내놓고 노골적으로 반대했다.

"요리 같은 건 나중에 시집갈 때 요리 학원 좀 다니면 돼! 지금은 공부할 때야!"

중3 때 담임선생님은 눈에 쌍심지를 켰다는 표현이 어떤 상황에서 생겼는지를 알게 해주려는 듯 적극적으로 반대했다.

"해미 네가 조금 성적을 올렸으면 외국어고 같은 특목고도 갈 수 있었는데, 뭐가 부족하다고 조리고 같은 특성화고를 간단 말이니? 무조건 인문계고로 가는 거야. 알았지?"

오빠는 그때 자신도 고등학생인지라 아무 말도 못하고 나를 안타까운 눈으로 바라보기만 했다. 나는 부모님과 담임선생님의 장애물에 막혀 그냥 인문계 고등학교로 진학하고 말았다. 그때 속으로는 '파예할리'를 되뇌며 될 대로 되라는 식이었다.

파예할리, 그때는 나도 아빠처럼 그냥…, 체념이었다. 포기였다.

그렇게 해서 인문계 고등학교에 진학했지만, 역시나 내가 생각했던 것처럼 인문계 고등학교의 생활은 재미가 하나도 없었다. 내가 가고자 하는 곳의 종점이 한국대학도 아니었고, 내 성적이 1등도 아니었다.

내 성적은 1등이 아니었지만 나도 1등으로 잘 하는 것이 있긴 하다. 근데 나는 내 속의 1등을 고집하면 안 된다. 남들처럼, 다른 학생들처럼, 그냥 고등학교 시절을 죽어 지내야 한다. 그냥 한국대학이 종점인 것처럼, 그냥 성적도 1등인 것처럼 자기 최면을 걸면서. 1등만을 대접하겠다는, 한국대학 가는 것만이 고등학생 전부의 목표인 것처럼 학교와 학원의 속내대로 따라 줘야 한다. 1등 한 명을 위해 그냥 모두들 희생을 해야 한다. 나머지 학생들은 아무 소리 말고서 2등부터 꼴찌까지 해주어야 한다.

우주선을 타고 지구를 본 가가린이 '지구는 푸른빛'이었다고 했다지. '지평선이 보인다. 하늘은 검고, 지구 둘레는 아름다운 푸른색 섬광이 둘러싸고 있다!'며 가가린이 탄성을 자아내는 모습이 그려진다. 그는 지구를 떠날 때는 몹시 불안했겠지만 막상 지구를 들여다보니 불안감보다는 아름다움이 눈에 더 들어왔을 것이다.

그렇다면 지금 내 불안의 실체는 무엇인가? 나는 지금 내 삶의 출발선에 서 있다. 가가린처럼 지구를 떠나는 일은 아니지만, 그가 지구를 떠나는 것만큼이나 나도 지금 몹시 불안하다. 그냥 이대로 견디면 나도 얼마 뒤 아름다움을 느낄 수 있을까?

가가린은 떠날 때의 불안감도 감출 만큼 아름다움을 보여주었던 푸른 지구를 두고서 나중에 의문의 죽음을 맞았다. 그 죽음의 실체야 어떻든, 그는 불안 끝에 아름다움을 보긴 했다. 내 불안 끝에도 아름다움이 기다리고 있을까?

학원에서 늦게까지 머물며 공부를 했다. 공부? 그다지 소용이 없는 공부였다. 그런 와중에도 배는 고팠다. 그러나 용돈 탄 지가 여러 날이 되어서 내 주머니 사정은 그리 좋지 않다. 그래서 분식점에도 가지 못한다. 집에 돌아갈 때까지 참는 수밖에 없다. 배 속이 아무리 절규를 해도 모른 체해야 한다. 나는 내 배 속조차 달래주지 못한다.

학원이 끝나자 종점이 한국대학인 학원 차를 타고 집에 왔다. 다행히 학원 차는 한국대학으로 가지 않고 집에 데려다주었다. 1등인 공부 선수도 아니지만 차를 타고 있는 동안은 1등 대접을 받으며 집에 왔다.

내가 현관문의 비밀번호를 누르고 있는 사이 안에서 기척을 느낀 엄마가 듣고서 문을 열어주었다. 내 집에 들어가는 데도 비밀번호를 대는 검문을 받아야 한다. 그냥 들어갈 수 없다.

"힘들지?"

엄마가 뻔한 소리를 했다.

"조금만 더 참아. 다들 그렇게 사는 거야. 고생 끝에 낙이 온다고 하잖아! 아빠도 내 말을 듣고 직장 생활 한 게 지금은 잘한 거라고 생각하시잖아. 그때 직장 가지 않고 시인이 되었으면 여러 사람 난리 났지…."

엄마가 수다스러울 정도로 나에게 관심어린 말을 쏟아주고 위로의 말을 건넸지만, 내 귀에 하나도 들어오지 않았다. 엄마가 아빠의 시인 꿈을 막은 게 잘한 일일까? 엄마는 잘했다고 생각한다. 아빠는? 아빠의 속내는 잘 모르겠다. 툭툭 '파예할리'를 던지긴 했지만 지금도 시를 쓰고 싶은지 어쩐지는 모르겠다. 한편으론 현실에 맞추어 잘 사는 성싶기도 하다.

나는 엄마의 수다에 대해 아무런 대꾸도 하지 않은 채 내 방으로 가서 가방을 던지듯 내려놓고 바로 부엌으로 갔다. 부엌에서 냉장고 문을 여닫으며 내가 먹을 것을 찾았다. 엄마가 냉장고에 이런저런 재료를 잔뜩 쟁여놓았다.

"이 밤중에 뭐 해먹으려고?"

어느새 엄마가 곁에 와서 참견을 했다.

"나, 배고파! 점심 급식 먹고 나서 지금까지 아무것도 안 먹었단 말이야!"

내 목소리에 짜증이 잔뜩 묻어나는 걸 나도 알겠다. 엄마는 짜증 난 딸과 더 대거리를 해봐야 득볼 게 없다고 판단했는지 나를 내버려두고 안방으로 들어갔다.

나는 찬장을 뒤져 라면을 꺼낸 뒤 냉장고에서 버섯과 계란, 아몬드, 차돌박이, 파, 오이지, 묵은지 등을 꺼냈다. 그런데 밤이라서 아무래도 간단히 먹어야 할 것 같았다. 간단히 먹기엔 라면이 최고다. 그러나 내가 누군가? 라면도 내 손을 거치면 다른 맛이 난다. 라면이 끓자 나는 국물을 따라낸 뒤 냉장고에서 꺼낸 식재료를 넣어 볶은 뒤 먹었다.

홀로 식탁에 앉아 먹는 야식. 사실은 이게 저녁식사이지만 저녁이라고 하기엔 너무 늦다. 그리고 혼자 먹기엔 너무 아깝다. 내가 만든 음식을 남이 맛있게 먹어줄 때 요리사는 자신의 존재를 새삼 확인하리라. 하지만 내 음식을 먹어줄 이는 아무도 없다. 엄마 아빠는 이제 지나가는 말로도 칭찬조차 해주지 않는다. 그래서 내가 만든 음식을 내가 먹고 스스로 맛을 얘기해야 한다. 맛있다. 보통 라면에다 냉장고에 있는 이것저것 섞어서 간단히 주무른 라면이지만 정말 맛있다.

아무리 생각해보아도 나는 요리 쪽으로 나가야 할 것 같다. 그렇다면 영어와 수학에 목을 매는 학교고 학원이고 다닐 필요가 없다. 요리만 잘 하면 그만이다. 그렇다면…. 다시 결심을 한다. 사실 말이지 학교를 다니려면 요리학과를 다녀야 하고, 학원을 다니려면 요리학원을 다녀야 한다.

대학을 가려면 식품영양학과나 식품공학과를 가야 한다. 근데, 그런 학과 나온다고 요리를 잘할까? 내 듣기론 그런 학과를 나온 사람들도 기껏 잘하는 거라고 내세우는 게 라면 끓이는 거란다. 그것도 봉지에 적혀 있는 조리법 설명대로밖에 못한다고 한다. 그렇다면 차라리 식당을 다니는 게 나을지 모른다. 물론 호텔조리학과 같은 게 있다는 걸 모르지 않는다. 그러나 내가 대학을 갈 때 그런 학과를 가게 할까? 엄마 아빠의 태도로 볼 때 어림도 없다.

나는 이쯤해서 결론을 내려야 한다고 느꼈다. 언제까지나 우물쭈물하며 시간을 허비하고 있을 수는 없다. 오빠와 달리 나는 성적 올리는 공부만 조용히 하고 있을 애가 아니다. 나는 머리보다는 손을 쓰는 게 더 즐겁다. 그리고 음식 맛은 손끝에서 나온다고 하지 않던가. 내 손 끝에 음식을 맛있게 하는 뭔가

있는 것 같다. '자백'일까? 아니다. 중학교 때까지도 어떤 재료
든 주물럭거려 내놓으면 식구들 모두 맛있다고 했지 않은가.
학교에서도 무슨 캠프를 할 때 식사 준비는 내가 했지 않은가.
다른 아이들은 음식 솜씨가 별로다. 먹기는 잘 먹지만 만드는
건 별로다. 그래서 그냥 바라보기만 한다. 어쩌면 음식 만든다
고 설치지 않고 옆에서 바라만 보고 가만히 있어 주는 게 도와
주는 일인지도 모른다. 근데 나는 먹는 것도 좋지만 만드는 게
더 좋고, 남이 그걸 맛있게 먹어주면 더 좋다.

내 방에 다시 들어왔지만 잠이 오지 않았다. 고등학교도 더
이상 다닐 필요가 없는 것 같았다. 아직도 1년을 더 견뎌야 한
다. 차라리 그 1년 동안 요리학원에 다니며 실습을 하는 게 더
나을지 모른다.

나는 연습장을 북 찢어 부모님께 드리는 편지를 썼다. 초등
학교 때 어버이날 형식적인 편지를 쓴 뒤로 부모님께 편지를
써보기는 처음이다.

사랑하는 엄마 아빠

한 줄을 쓰고 나자 막힌다. 더 이상 쓸 말이 없다. 그래도 써

야 한다. 나는 연습장 종이를 바라보며 편지 쓰기가 요리하는 것보다 더 어려운 걸 실감하며 책상 앞에 억지로 앉아 있으면서 편지를 썼다.

사랑하는 엄마 아빠
그간 저를 키워주신 점 무척 고맙게 여깁니다
다름이 아니라
더 늦기 전에 제 장래와 관련된 말씀을 드려야 할 것 같아서 편지를 씁니다

입으로 '사랑하는 엄마 아빠'라는 말을 했으면 손발이 다 오그라졌을 것이다. 그러나 글은 그렇지 않았다. 엄마 아빠의 바람과는 다른 이야기를 쓰는데도 '사랑하는 엄마 아빠'라는 말이 전혀 어색하지 않았다. 나도 엄마 아빠가 나를 위해주는 줄 안다. 그래서 나도 엄마 아빠를 사랑한다! 하지만, 하지만….

어렵게 엄마 아빠한테 보내는 편지를 쓰고 내친 김에 오빠한테도 편지를 썼다. 오빠한테는 '오빠의 사랑하는 동생 해미가'라고 끝을 맺었다. 손발이 전혀 오글거리지 않았다. 기왕 결심을 한 김에 담임선생님께 드리는 편지도 썼다. 담임선생님께

는 내 결심을 이해해달라고 했다. 물론 담임선생님은 내 결심을 이해하지 못할 것이다. 그러나 형식적으로나마 그렇게 쓰고 싶었다. 그리고 마지막으로 내게 주는 편지를 썼다. 어쩌면 나의 다짐 글인지도 몰랐다.

내 다짐을 적은 글 끝엔 '파예할리'를 굵고 진하게 적어 넣었다. 가슴이 떨렸다. 떨림은 나의 손끝에서도 느껴졌다.

파예할리.

내일부터 나는 1등이 있는 학교로 가지 않고, 한국대학이 종점인 학원에도 가지 않을 것이다. 내가 가야 하는 곳, 그곳으로 나는 간다. 그러나 마지못해 가는 게 아니라 내 발로 스스로 간다.

그래 가자….

날아라 해미야, 날아라!

똥꼬 치마
대장

"너 그게 뭐니? 똥꼬 다 보이겠다. 쯧쯧."

엄마가 내 치마를 보고 혀를 차는 소리를 냈다.

학교에 가려고 현관 문 쪽으로 가는데 엄마가 냅다 소리를 질렀다. 나름 조심조심 살금살금 걸었는데 엄마는 내 모습을 죽 지켜보고 있었던 모양이다. 민망했다. 뒤통수가 화끈거렸다. 그러기에 나는 더욱 애써 태연한 척했다.

"이게 어때서? 다른 애들은 더 짧게 입는단 말이야. 걔들 치마에 비하면 내 치마는 너무 길단 말이야!"

나는 엉덩이를 감싸고 있는 치맛단을 잡아당기며, 볼멘소리도 덧붙였다.

엄마가 다가와 치마에 손을 대며 어이없어 했다.

"이게 길다고? 이게 너무 길면 다른 애들은 치마 안 입고 손수건으로 똥꼬만 가리고 다니니?"

엄마 잔소리가 만만치 않았다. 나도 지지 않고 대들고 싶지만 이럴 때는 꼬리를 팍 내리고 일단 집을 벗어나야 하기에 애써 너스레를 떨었다.

"아이들한테 따돌림 안 당하려면 이 정도는 입어야 돼! 엄마 딸이 왕따가 되면 기분 좋겠어? 엄마 사랑해!"

그러면서 엄마를 껴안았다. 엄마가 당황스런 소리를 냈다.

"어, 어, 어?"

나는 엄마가 다른 소리를 할 새를 주지 않고 얼른 문을 열고 나왔다. 뒤에서 엄마가 혀를 차는 소리가 문 밖에까지 들렸다.

"요즘 애들은 무슨 속인지 모르겠어. 쯧쯧!"

엄마가 지금은 저렇게 말하지만 사실은 엄마도 중고등학교 다닐 때 요란했던 모양이다. 엄마도 처음부터 엄마는 아니었다. 외할머니의 딸이었던 것이다. 그런데 지금은 어른인 엄마 역할만 하려 든다. 개구리가 올챙이 시절을 다 까먹은 것이다.

그러나 그런 작전은 외할머니 때문에 쉽게 통하지 않는다. 외할머니는 엄마가 어렸을 때 한 걸 다 기억한다.

"느이 엄마를 보면 나이가 다 가르친다는 말이 틀리지 않아.

나이가 양반이야, 나이가 양반이라고!"

외할머니가 집에 왔을 때 엄마를 두고 하는 말이다. 그러면 엄마는 외할머니한테 눈을 흘긴다.

"엄마는 애들 있는데 꼭 저러시더라…."

그러나 그 정도 선에서 외할머니가 멈추지 않는다.

"너 학교 다닐 때 옷장 속에 숨겨 둔 삐딱구두 보고 내가 얼마나 놀랐는지 알아? 하마터면 그때 내가 죽는 줄 알았어, 아니지 내가 돌아가실 뻔했잖아!"

"알았어, 알았으니까. 그만 해!"

엄마는 자신의 치부가 드러나는 게 마땅치 않아 외할머니의 입을 막기에 급급하다. 하지만 외할머니는 우리가 모르는 비밀까지 서슴없이 말해버린다.

"그때 네 친구, 있잖아, 키 크고 얼굴 하얀 애. 집에 놀러 오면 인사성 밝게 군 애 말이야. 아이구 이름이 생각 안 나네…."

외할머니가 뒷머리를 긁적이며 옛 기억을 떠올리려 애쓰자 엄마가 마지못해 이름 하나를 댔다.

"영희?"

그러나 외할머니는 고개를 가로저었다.

"영희하고 이름은 비슷한데 '영' 누군데…, 맞다, 맞다, 영순이!"

외할머니는 아주 대단한 것을 발견하기라도 한 듯이 손뼉까지 쳐가며 호들갑이었다.

"그때 영순이는 지하철 보관함에 사복 갖다 두고 입었잖아. 학교 파하면 화장실에서 교복하고 바꿔 입고 길거리 쏘다니다 봉고차 인신 매매범들 꼬임에 넘어갈 뻔한 거 기억 안 나?"

"영순이가 그랬다고? 근데 영순이는 그때 그렇게 놀았는데도 지금은 아주 잘 나가. 자기 하는 일도 잘 되고, 남편도 괜찮고, 아들 딸 낳고 잘 살아! 애들이 공부를 잘한다고 자랑을 하던데…."

그러면서 엄마는 나를 건너다보며 입맛을 다신다. 어느새 엄마는 화제의 초점을 잃어버리고 옛 친구가 어떤 과정을 거쳐 결혼을 했고 무슨 일을 하고 사는지에 이른다. 외할머니도 자신이 하고자 했던 말을 잃어버리기는 마찬가지이다. 그렇지만 내 귀에 쏙 들어올 말은 놓치지 않고 해준다.

"그러니까 너도 애 너무 잡지 마라. 때 되면 다 알아서 하는 것이 사람이여. 너나 네 친구들도 다 잘 컸잖아!"

"알았어, 알았으니까 옛날 소리 그만 해! 그래도 요즘 애들 옷 입는 거는 이해 못하겠어. 옷을 몸에 대고 박았는지 어쨌는지 옷이 몸에 너무 달라붙어. 그렇게 하면 더 날씬해 보이는지, 원. 치마고 윗도리고 너무 몸에 달라붙는단 말이야! 쯧쯧."

학교에 가니 교문 앞에서 반 아이들 몇이 서성거리고 있었다. 나는 아이들한테 눈인사를 한 뒤 한마디 건넸다.

"안 들어가고 뭐해?"

아이들이 나를 쳐다보았다. 한 아이가 걱정스레 말했다.

"오늘 치마 단속한대."

"하루 이틀도 아닌데 뭘…."

나는 일부러 더 호기롭게 대답했다. 하지만 나도 속으론 무척 걱정되었다. 다른 때는 선생님들이 나와서 교문지도를 했는데 오늘은 3학년 생활부원인가 뭔가 하는 선배들이 나왔다. 그런데 웃기는 건 그 선배들 치마 길이도 장난이 아니라는 것이다. 뒤에서 보면 바지처럼 보이지만 앞에서 보면 치마이다. 하지만 다들 짧게 해서 입었다.

선생님들이 교문에 서 있으면 '안녕하세요!'라고 큰 소리로 인사하고 도망가듯 바삐 교문을 지나치면 그만이다. 선생님들은 알고도 넘어가고 모르고도 넘어가 준다. 근데 3학년 선배들은 그렇지 않다. 자기들도 1, 2학년을 거쳤을 텐데 그 시절은 잊어 먹고 단속하기에만 바쁘다. 어쩌면 자기들이 해봐서 더 잘 아는지도 모른다.

3학년 선배들은 '똥꼬 치마'라 하지 않고 '하의 실종'이라 부르며 아래 학년과 차별성을 가지려 한다. 하지만 '똥꼬 치마' 이든 '하의 실종'이든 치마가 짧다는 건 똑같다.

우리 엄마 표현을 빌리자면 짧은 치마를 입었다는 건 손수 건으로 똥꼬만 가리고 다니는 짓이다. 그 말은 하의를 입었는 지 안 입었는지 모르겠다는 얘기이다. 하의 실종도 그런 뜻이 니 똥꼬 치마를 이른다. 그런데 무슨 차별성? 웃긴다 정말! 아 이들은 교문지도하는 3학년 생활부원들이 교실로 들어갈 때까 지 학교 밖에 서 있을 모양이었다.

"재수 없어. 치마 줄여 입고 처음 학교 온 날인데!"

나는 어이가 없어 툴툴거렸다. 아닌 게 아니라 무척 억울했 다. 다른 날도 아니고 처음 이러고 온 날 교문지도라니!

"지금이 뭐 유신시대인가? 치마 길이를 단속하고 그래?"

'유신시대'까지 들먹이는 내가 역사에 대해 뭘 알겠는가. 하 지만 아는 단어들을 들먹이며 유식한 척했다. 아이들 앞이라 그랬다.

엄마 학교 다니던 시절은 독재자 대통령이 여자들 치마 길 이도 단속했단다. 무릎 위로 15cm 올라가는지 어쩌는지 경찰이 자를 들고 여자들을 쫓아다녔다 한다. 지금 같으면 그것이야말로 성추행이다. 그런데 그때 여자들은 가만히 있었단다. 참 신기한 일이다. 유신 독재 시대라 참을 수밖에 없었다 한다. 무서워서….

그런데 전문가들 얘기론 치마는 무릎 위로 최소한 20cm는 올라가야 예쁘다. 지금은 15cm 정도로는 안 통한다. 똥꼬 치마는 20cm도 더 넘게 훨씬 더 올라가야 한다. 괜히 똥꼬 치마가 아니다. '미니 스커트'라는 말 놔두고 굳이 '똥꼬 치마'라는 말을 왜 쓰겠는가? 아이들은 그런 면에서 어른 전문가보다 훨씬 더 밝다.

"도둑질도 날마다 하는 사람은 안 들키는 법이래. 그러니까 어쩌다가 도둑질 한번 하면 들키기 마련이지."

한 아이가 나를 보고 위로의 말을 건넸다.

"내가 도둑질한 것도 아니잖아!"

나는 그 아이의 말뜻을 모르는 바는 아니지만 짜증이 날 대로 났다.

"치마 좀 짧은 게 어떻다고 그러는지 모르겠어…. 자기들은 짧게 안 입고 3학년 된 줄 아는 모양이지."

그렇게 말하는 아이를 보니 나보다 더 짧은 치마를 입었다.

교문지도 하는 3학년 선배들 가운데에 치마 길이가 거의 내 거랑 같은 이가 있었다. 나는 속으로 소리를 지를 뻔했다.

'저 선배 앞으로 가자! 저 선배 치마 길이도 내 치마 길이랑 비슷해!'

나는 그 선배 앞으로 갔다. 일부러 '안녕하세요!'를 크게 외쳤다. 선배는 고개를 끄덕하는가 싶더니 재빨리 나를 외면했다. 그 사이에 나는 잽싸게 교문을 통과했다. 내가 생각해도 내가 대견했다. 어떻게 그런 생각을 할 수 있었는지….

교문 가까운 담장 밑에 옹기종기 모여 있던 다른 아이들도 나처럼 당당히 그 선배 앞을 지나 교문을 모두 통과해서 운동장을 지나 교실로 갔다.

교실에 들어가니 아이들이 나를 보고 '우아!' 하며 박수를 쳤다. 나는 오른손을 들어 집게 손가락과 가운뎃손가락으로 'V'자를 그리며 어깨를 들어 올려 으쓱하는 자세를 한번 취한 뒤, 아무렇지도 않은 표정으로 자리로 들어가 앉았다.

자리에 앉자마자 나를 따라와 앉은 짝 혜영이가 가방을 책상에 던져놓고 내 쪽으로 고개를 들이밀며 호들갑을 떨었다.

"너 대단하다! 똥꼬 치마 처음 입었으면서 당당하게 선배 앞을 지나 그냥 걸어버렸잖아. 네 덕분에 우리들 모두 무사히 통과했어!"

"그게 뭐가 대단해. 똥꼬 치마, 우리만 입은 게 아니잖아!"

나는 대수롭지 않은 듯이 대꾸했다. 하여간 그 일 덕에 난 졸지에 '똥꼬 치마 대장'으로 불리게 되었다. 아이들은 처음엔 '똥대장'으로 부르다가 점차 '똥장'으로 불렀다. 어느새 나는 아이들 사이에서 '똥장' 그러면 모르는 사람이 없는 학생이 되고 말았다. 똥꼬 치마를 입은 채 3학년 생활부원 선배 앞을 당당히 걸어서 아이들을 데리고 등교한 '멋진 대장'이 된 것이다.

담임선생님은 조회와 종례시간 때 걸핏하면 똥꼬 치마 얘기를 하셨다.

"여러분만 한 때엔 하지 말라 하면 더 하고 싶고 하라 하면 하기 싫은 때거든요. 그렇지만 똥꼬 치마 입는 건 좀 자제 좀 했으면 좋겠어요. 의자에 앉을 때나 걸을 때 신경 쓰여서 어떻게 공부에 집중할 수 있겠어요."

선생님 입장에선 지당한 말씀을 하시지만, 그냥 넘어갈 아이들이 아니었다. 평소에 할 말은 하고 살자는 주장을 펴는 정은이 입이 역시 가만히 있지 않았다.

"똥꼬 치마 입는 우리는 정작 괜찮은데 선생님들이 불편하시죠? 숙녀들 다리 쳐다보기가 민망해서 그러시죠?"

"그도 그렇지만 너희들이 더 불편하잖아. 책상 앞에 앉아 있어도 다리 신경 쓰느라 공부하기가….”

뒷자리에 앉는, 키 큰 선경이가 씩씩하게 대답했다.

"우리는 어차피 공부 따윈 신경 안 써요. 근데 똥꼬 치마 안입으면 공부 더 잘 되나요? 그래요? 선생님?”

늘 앞자리가 지정석인, 키 작은 은경이가 덧붙였다.

"똥꼬 치마를 입으면 다리가 더 길어 보이는데, 안 입을 수있어요? 사복도 치마가 길면 다리가 더 짧아 보이잖아요!”

장래 꿈이 패션 디자이너인 희정이는 한술 더 떴다.

"우리는 멋에 살고 멋에 죽는다!”

아이들이 저마다 한마디씩 하니까 담임선생님이 되레 입을다물고 말았다. 똥 씹은 표정이 저럴까? 괜히 똥꼬 치마 이야기를 꺼냈다 싶은 표정이다. 그날 이후 담임선생님도 똥꼬 치마에 대해선 더 이상 들먹이지 않았다.

하여간 아이들이 똥꼬 치마를 입는 이유는 저마다 다르다.그런데 선생님이나 부모님이 보기엔 다 똑같은 '일탈'로 보이는 모양이다. 나는 다른 아이들이 입으니까 나도 당연히 입는다. 내가 똥꼬 치마를 입는 이유는 좀 유치하다. 하지만 친구따라 강남 간다고 하지 않는가. 친구들이 아무렇지 않게 하는

데 나라고 못할 이유는 없다. 엄마는 그런 내가 여전히 위태위태해 보이는 모양이다. 그래서 입버릇처럼 걱정스레 말한다.

"아무리 또래 집단에 들어가고 싶고, 또 유행도 좋지만 사람이 주관이 있어야지. 똥꼬 치마 입는다고 개성이 살아나니?"

나는 지지 않고 엄마 말에 꼬박꼬박 토를 달았다.

"똥꼬 치마 입는 게 바로 개성이야! 학생이라고 어른들이 정해준 대로만 하는 건 오히려 주관 없이 사는 거라고! 엄마가 늘 말했잖아. 사람은 주체성이 있어야 한다고! 학생들이 주체성이 뭔지 모르는 줄 알아? 다 주체성 있으니까 염려 푹 붙들어 매십시오 어마마마!"

나 스스로도 놀랐다. 엄마 말에 내가 논리적으로 답을 하다니! 내 말은 내가 생각해도 매우 논리적이었다. 그래서 장난스레 '어마마마!'를 덧붙였는지도 모른다. 내 말에 엄마가 더 당황스러워했다.

"항복! 항복! 딸, 많이 컸구나. 내가 이제 말로는 너를 이기지 못하겠다. 하여간 똥꼬 치마 입는 건 좋은데, 찐따 안 되는 선에서 적당히 입고 말아라."

"알았어. 똥꼬 치마 단속 안 하는 학교로 전학 간 학생도 있대. 나는 전학까지 갈 생각은 없으니까 어마마마는 걱정 마시라니까요!"

그 정도에서 엄마와 나는 타협을 하였다. 엄마를 '어마마마'라고 한껏 부추겨 준 것도 효과가 아주 없지는 않았으리라.

찬바람이 불어도 똥꼬 치마 유행은 사그라지지 않았다. 똥꼬 치마를 입으면 다리는 물론 허벅지까지 시리다. 그래서 나는 치마 속에 스타킹을 신거나 속바지를 같이 입었다.

스타킹을 신고도 오돌오돌 떠는 나를 보고 엄마가 혀를 찼다.

"쯧쯧, 추운데 꼭 그렇게 입어야 쓰겠어. 그러다 감기 들면 어떡할라고 그러니? 세상에! 거의 맨다리 맨살이네!"

나는 금세 아무렇지 않은 듯, 춥지 않은 듯 가슴을 펴며 대답했다.

"내가 어쨌다고? 멋쟁이는 원래 이렇게 입는 거야."

"멋 부리다가 얼어 죽겠다!"

"멋 좀 부린다고 얼어 죽기야 할라고. 그리고 학생 때 멋 안 부리면 언제 부려? 우리 또래는 멋에 살고 멋에 죽는데!"

나는 과장되게 너스레를 더 떨었다. 엄마가 입을 다물었다.

엄마는 내가 똥꼬 치마 입는 것을 포기했는지, 점차 똥꼬 치마를 아예 입지 말라고는 하지 않는다.

담임선생님도 엄마도 똥꼬 치마에 대해서 더 이상 언급하지 않으므로 오히려 똥꼬 치마가 시시해졌다. 3학년 생활부원 선배들이 가끔 교문지도 시 벌점을 들이대며 똥꼬 치마에 대해 어쩌고저쩌고했지만 자신들도 똥꼬 치마를 입는 까닭에 지금은 그다지 심하게 교문지도를 하지 않는다. 그렇다고 내 별명 '똥장'이 같이 없어진 것은 아니지만….

찬바람이 휙 불어왔다.

가로수 잎이 바람에 휘날렸다. 똥꼬 치마를 입은 정강이에 낙엽 하나가 날아와 철썩 붙었다. 교문을 나서서 아이들과 재잘거리며 걸어가는 중이다. 버스 정류장에 아이들이 옹기종기 모여 있다. 학원을 가지 않는 아이들은 버스를 타거나 걸으면 된다. 학원에 가는 아이들은 학원차가 교문 앞에서 기다리고 있다.

한 정거장쯤 걸으면 집으로 가는 골목이 나온다. 골목으로 들어가기 전 버스 정류장이 있다. 예전엔 그 정류장에서 남학생들이 모여 담배를 피웠다. 학교 교문에서 한 정거장쯤 떨어져 있으므로 선생님들 눈에 띄지 않고 선배들 눈에도 띄지 않는 곳이다. 선생님들은 손수 운전을 하므로 버스를 탈 일이 없고, 선배들은 학교 앞 정류소에서 버스를 탄다. 선생님보다 더 어려운 게 선배들이다. 선배들이 버스를 타면 후배들은 줄 서 있다가도 당연히 앞자리를 양보해야 한다. 하여튼 그들은 학교 앞 정류소에서 바로 버스를 타므로 굳이 한 정거장을 걸어오지 않는다.

막 버스 정류장을 지나쳐서 골목으로 들어서려 하는데 정류소 대기실을 가린 유리벽 너머로 똥꼬 치마 하나가 얼비쳤다. 낙엽 하나가 바람에 날려 정류장으로 들어갔다. 나는 아무 생각 없이 그냥 낙엽을 쫓았다. 아, 그런데, 똥꼬 치마 입은 여학생이 남학생의 목에 매달린 모습을 보고 말았다. 나는 못 본 척 고개를 돌리고 속으로만 중얼거렸다.

'저러면 벌점이 10점인데…. 게다가 똥꼬 치마까지 입었으니 벌점 5점이 더해지면 어떡할라고….'

나는 똥꼬 치마의 벌점을 계산하면서 조마조마한 마음에 가슴이 뛰었다. 낙엽이 날아가더니 똥꼬 치마의 엉덩이에 붙은 듯이 내려앉았다. 남학생 목에 매달려 있던 똥꼬 치마가 낙엽을 떼어내려고 얼굴과 손을 뒤로 돌렸다.

"어?"

하마터면 소리를 낼 뻔했다. 똥꼬 치마의 주인은 아침에 교문지도를 하는 3학년 생활부원 선배였다. 내가 '똥장'으로 불리게 된 사연을 만들어준 그 선배….

누가
사랑을
아름답다
했는가

누가 사랑을 아름답다 했는가

그대의 흰 손으로 나를 잠들게 하라

— '창밖의 여자', 조용필 노래

찻집에 들어서자 쉰 듯하고 절규하는 듯한 남자 가수의 목소리가 흘러나왔다.

'그래, 누가 사랑을 아름답다고 했을까….'

어쩌면 내 마음을 저토록 절묘하게 담아냈을까 싶은 노래였다. 가수가 누구인지는 몰라도, 흘러간 노래인 성싶은데 노래에 내 마음이 실려 있는 것만 같았다. 귀를 바짝 더 기울여 노래를 들었다. 노래의 가사가 구구절절 내 가슴을 쳤다.

'내 마음 그대로네….'

지금 숙희를 만나기 위해 찻집에 왔다. 몇 달 전 까지만 해도 숙희와 나는 다정한 사이였다. 사랑하는 사이였던 것이다. 다시 말해 연인. 그런데 지금은 연인 사이가 아니다…. 그렇다고 친구 사이도 아니다. 그냥 옛날에 알던 사이라고나 할까?

헤어진 지 다섯 달 정도 되는 것 같은데, 그간 아무 소식 없던 숙희가 뜬금없이 연락을 해왔다. 하여간 숙희와는 연인 사이도 아니고 친구 사이도 아니다. 어쩌면 모르는 사람보다도 더 못한 사이인지도 모른다. 그런데 그런 숙희가 연락을 해오다니….

찻집 문이 열릴 때마다 숙희가 아닌가 싶어 고개를 길게 뺐다. 그러다가 숙희가 아니면 다시 고개를 숙이기도 하고, 찻집 안을 가득 채우는 노래를 음미하면서 찻집 벽을 바라보았다.

갈숙희. 숙희를 기다리는 자세는 예나 지금이나 똑같다. 예전에도 그랬다. 누군가 찻집 문을 열고 들어오면 혹시 숙희인가 싶어 목을 길게 빼곤 했다. 그땐 만나면 무슨 말을 할까 하고 특별한 고민을 하지 않았다. 그런데 지금은 고민을 해야 한다. 그간 어떻게 지냈는지…, 무슨 말로 시작할 것인지….

그녀와 내 사이가 예전 관계가 아니어서 이제는 잘 모르는 사람 대하듯이 해야 한다는 것 정도는 나도 안다. 그런데도 설렌다. 헤어지던 순간의 장면이 떠올랐다. 헤어지던 당시를 생각하면 다시는 이런 감정이 안 생길 줄 알았는데, 시간이 지나니 미처 생각 못했던 감정이 생겨났다. 내 마음 나도 모르겠다.

이런저런 생각을 하는 사이 찻집의 음악이 바뀌었다.

우연히 만났다 말없이 가버린
긴 머리 소녀야~

이 찻집은 옛날 노래만 틀어주는 성싶다. 주인이 옛날 노래를 좋아하는, 주인의 취향이 독특한 것인지 모른다. 아니면 지독한 실연을 겪은 사람인지도 모른다. 어쩌면 주인 나이가 제법 들었는지도 모른다.

하여튼 잘 알지 못하는 노래이지만 가만히 들어보면 어쩌면 지금 내 처지를 노래로 부르고 있는 것만 같다. 옛날 노래든 요즘 노래든 유행하는 가요치고 사랑과 실연을 노래하지 않는 것이 없기도 하지만….

노랫말처럼 숙희와 나도 우연히 만났나? 나는 숙희를 우연히 만났다고 생각하지 않는다. 어쩌면 우리 둘의 만남은 필연

52

이었는지 모른다. 모든 만남은 우연을 가장한 필연이라는 말이
있다. 그 말이 틀리지 않는 것 같다. 그런데 의문도 같이 든다.
만남이 필연이면 헤어짐도 필연일 것 같은 의문….

숙희는 결코 말없이 가지 않았다. 다시, 헤어지던 순간의 장
면이 떠올랐다. 숙희는 있는 소리 없는 소리 내게 다 퍼부어대
는 악다구니를 쓰고서 갔다. 몸이 움찔해진다. 몸서리가 쳐진
다. 그 전은 어땠는지 모르지만 그 순간만큼은 지긋지긋하다.

숙희의 성은 '갈'씨이다. 그래서 가버린 건 아니지만, 하여
튼 헤어질 땐 온갖 성질을 다 부리고 갔다. 갈숙희. 어쩌면 처
음 만나는 순간 언젠가 '갈' 숙희였는지 모른다. 픽 웃음이 나
왔다. 성이 '갈'씨라고 다 가겠는가? 말 장난 같은, 묘한 쪽으로
엉뚱한 생각을 하고 있는 내 자신이 우스웠다.

긴 머리 소녀였던 건 노랫말과 같다. 숙희는 치렁치렁하다
할 정도로 머리가 길었다. 숙희는 생머리를 길게 늘어뜨리고
다녔다. 내가 숙희를 좋아했던 이유 가운데 하나도 첫눈에 박
힌 긴 머리였는지도 모른다. 숙희를 생각하면 지금도 맨 먼저
떠오르는 것이 검고 긴 생머리이다.

먼저 시켜 놓은 차를 다 마실 때쯤 되어서야 숙희가 왔다.
숙희는 여전히 긴 머리를 하고 있었다. 화장도, 말투도 예전 그

대로였다. 겉모습은 변한 게 그다지 없었다.

"오빠, 많이 기다렸어?"

숙희는 마치 어제 본 사람처럼 아무렇지 않게 첫인사를 했다. 게다가 예전 그대로 나를 '오빠'라고 불렀다. 이럴 때 보면 참 좋은 성격인 것 같다. 헤어질 때 그렇게 몰아붙이던 나를 아무 스스럼없이 대할 수 있다니!

나는 숙희의 호들갑과는 달리 딱히 할 말이 없었다. 그냥 '어? 어?'만 나왔다. 그런 어색함을 덜어주기라도 하듯이 마침 종업원이 주문을 받으러 왔다.

"차 뭐 마실래? 나는 마셨으니까 숙희만 시키면 돼…."

종업원이 주문을 받아가지고 갔다. 숙희가 빠르게 말했다.

"오빠 잘 지냈지?"

"나야 뭐…."

나는 얼버무릴 수밖에 없었다. 요 몇 달간 그리 잘 지내지 못했다. 숙희와 헤어진 탓이라고 딱히 말하기는 뭐하지만, 숙희 탓이 아닌 것만도 아니다. 숙희와 헤어진 뒤로 내 삶의 모든 게 숙희와 다 연결되었기 때문이다.

"나 안 보니까 잘 지냈을 텐데…."

숙희가 내 마음을 들여다보기라도 한 듯이 말했다.

"네 말투는 여전하구나."

"내 말투가 어때서? 사실이잖아! 나 안 보니까 많이 편했을 거 아냐?"

그 사이 숙희가 주문한 차를 종업원이 가져왔다. 숙희가 차를 한 모금 홀짝이며 눈을 흘겼다. 나는 그 말은 애써 모른 체하고 용건을 물었다.

"무슨 일로 만나자고 한 거야?"

"다시 잘 해보자는 건 아니니까, 안심해도 돼!"

어이가 없었다. 나도 다시 잘 해볼 생각이 없다.

"잘 해보고 말고 할 것 뭐 있나. 그냥 궁금해서⋯."

"정말로 궁금해?"

"궁금하지, 그럼."

"그럼 단도직입적으로 말할게."

하지만 숙희는 뒷말을 잇지 못하고 입술만 달싹거렸다. 나는 안달이 났다. 갑자기 숙희가 보자고 한 게 궁금했다. 이미 다시 잘 해보자는 건 아니라는 걸 확인했다. 나도 그럴 마음은 눈곱만큼도 없다. 흘러내린 물은 다시 물레방아를 돌리지 못한다고 했다. 그리고 같은 강물에 두 번 손을 담글 일도 없다고 했다. 숙희와 나의 관계는 이미 끝난 일이었다.

숙희가 결심을 한 듯 몸을 반듯이 하면서 꼿꼿이 세웠다.

"왜 그렇게 비장해?"

어색함을 누그러뜨리기 위해 일부러 아무렇지 않은 듯이 말했다.

"이런 얘기 하는 게 쉬운 건 아니라서…."

숙희가 계속 미적거렸다. 예전 숙희다운 버릇이 아니었다. 숙희는 말을 못 참았다. 자신이 할 말은 다 해야 속이 풀리는 애였다. 상대야 자신의 말을 어떻게 생각하든 그런 건 상관없이 오로지 자신이 할 말만 하는 애였다. 그런 애가 미적거리고 있다. 아무래도 심각한 얘기인 모양이었다.

"무슨 얘기인지 일단 들어나 보자…."

나는 아주 너그러운 척, 여유로운 척하면서 숙희를 조심스레 다그쳤다.

숙희가 입술에 힘을 주더니 입을 열었다. 잠깐 동안 숙희 특유의 야무진 표정이 얼굴을 스쳐 지나갔다.

"오빠, 나 임신했어."

숙희가 짧게 용건을 말했다.

"그래? 벌써? 암튼 그거 축하할 일이구나."

나는 그새 숙희가 다른 남자애를 만나 사랑을 나눈 뒤 임신

한 줄 알고, 참 빠르기도 하다, 나랑 헤어진 지 얼마나 되었다고, 라고 잠시 생각했다.

"5개월 되었대."

숙희가 무덤덤하게 말했다. 그러나 그 말은 내 상상을 쉽게 허물어뜨리는 폭탄 같은 말이었다.

"그러면?"

나는 할 말을 잊었다. 5개월이라면 나랑 사랑할 때라는 말이다. 내 마음을 곧장 읽어낸 숙희가 다시 짧게 말했다.

"오빠 애야."

잠시 어색한 침묵이 흘렀다.

'5개월이라…, 내 아이라는 얘긴데, 벌써 내가 아빠가 되어야 하다니….'

숙희가 속마음을 다시 읽어냈다. 그러면서 자신의 속마음도 드러냈다.

"오빠도 애가 성가시지? 나도 애를 키울 수 없어."

나는 대답 대신 고개만 끄덕였다. 사실 무슨 말을 해야 할지도 잘 떠올지 않았다. 다행히 숙희가 계속 말을 해주었다.

"애를 지울까 싶어 산부인과에 갔더니 이미 늦었대. 낙태도 불법이라서 함부로 애를 지울 수도 없지만, 5개월이면 이미 생길 것 다 생겨서 엄마고 아이고 다 위험하대…. 아이야 그렇다지만 내가 위험하다니….”

숙희는 목이 마른지 자주 물을 들이켰다. 나도 목이 말랐다. 물 잔을 손에 쥐었지만 마실 기분이 아니었다.

내가 무슨 말을 할 수 있을까. 나는 멍하니 있을 수밖에 없었다. 숙희가 하는 이야기나 듣고 있어야 하는 처지가 되고 말았다.

“오빠 사정을 모르는 바는 아니지만, 아이는 낳을 수밖에 없어.”

숙희가 대단한 결심이라도 한 듯이 말했다. 나는 할 말이 없어 가만히 있었다. 숙희가 혼잣말하듯이 툴툴거렸다.

“에이 재수 없이 애가 생겨가지고….”

숙희가 예전처럼 ‘재수 없이’라는 말을 내뱉으며 말을 함부로 했지만 지금은 그런 것을 따질 형편이 되지 않았다.

“아이를 낳는다고?”

“그럼 어떡해!”

“애가 애를 낳는구나….”

나도 모르게 그 말이 튀어나왔다. 숙희가 입에 게거품을 물었다.

"뭐? 애가 애를 낳는다고? 스무 살 넘었는데 내가 애야?"

뜻밖이었다. 애를 밴 게 재수 없다고 하던 아이가 자신은 아이를 배도 될 나이라는 것이다. 드디어 숙희의 참모습이 나오는 것 아닌가 싶기도 했다. 나는 얼른 수습을 해야 해서 둘러댔다.

"그런 뜻이 아니고…."

나는 주위를 둘러보며 목소리를 낮추었다. 숙희가 흥분을 가라앉히며 말을 계속했다.

"하여튼 애는 낳을 거니까 그런 줄 알아!"

"애 낳아서 어떻게 하려고?"

나는 볼멘소리를 하며 숙희의 아랫배를 무심히 바라보았다. 그다지 티가 나지 않았다. 하지만 배지 않은 애를 뱄다 하며 만나자고 하진 않았을 것이다. 숙희가 아무리 앞뒤 없는 애지만 배지 않은 애를 뱄다고 할 아이는 아니었다.

"일단 애를 낳기까지는 내가 하지만, 애를 낳으면 바로 오빠한테 넘겨줄 테니까 그렇게 알아. 애는 아빠가 알아서 해."

나는 머리를 몽둥이로 맞은 느낌이었다. 나는 어안이 벙벙하였지만 숙희는 나름대로 계산을 하고 있었다.

자신이 할 말을 다 하고서 숙희는 일어섰다.

"나 할 말 다 했으니까 간다. 애 낳으면 연락할게. 하여튼 내 앞길이 창창한데 애 때문에 막히면 안 되니까 애는 오빠가 맡아."

내가 무슨 말을 더 할 수 있겠는가. 하지만 숙희는 내가 무슨 말을 할 틈도 더 주지 않고 자리에서 일어나 찻집을 나가버렸다.

찻집에서는 계속 노래가 흘러나왔지만 '긴 머리 소녀야~' 이후 무슨 노래가 더 나왔는지 알 수 없었다.

숙희. 갈숙희. 그 애의 머리는 여전히 길고 검은 생머리였다. 소녀티도 여전하고. 그러나 그녀는 지금 갔다. 헤어질 때도 저런 모습으로 갔다….

찻집 밖으로 나도 나왔다. 숙희는 벌써 찻집 앞 버스 정류장에서 차를 타고 떠났는지 보이지 않았다. 텔레비전 연속극 같은 데서 보면 이런 때에 꼭 담배를 꺼내 입에 물던데, 나는 담배를 피우지 않는다. 지금 순간엔 담배를 피웠으면 좋겠다는 생각이 들었다.

'5개월이라….'

나는 내가 사는 원룸으로 돌아오는 내내 '5개월'을 되뇌었다.

내가 아빠가 되다니! 걱정 반 흥분 반이었다. 아빠가 될 준

비가 전혀 되지 않은 점은 걱정거리였다. 하지만 어려서 부모가 일찍 돌아가시고, 외할머니 품에서 홀로 외롭게 큰 것을 생각하면 아이를 낳는 것도 괜찮을 것 같다.

외할머니는 엄마 아빠가 일찍 세상을 뜨자 외할아버지와 같이 나를 데려다 키워주었다. 지금은 외할아버지도 외할머니도 이 세상 사람이 아니다. 애초에 친가 쪽은 피붙이가 누구인지도 모르고, 외가 쪽엔 외삼촌이나 이모도 없었으니, 외할머니가 세상을 뜨자 이 세상에 내 피붙이라곤 하나도 없는 셈이었다. 혈혈단신, 철저하게 혼자인 몸이 되었다. 그러니 아이가 생기면 좋을 것 같았다. 내 피를 물려받은 아이가 생긴다니, 흥분이 되는 것도 사실이었다.

숙희 처지도 나보다 더 낫다고는 할 수 없다. 숙희는 아예 부모 얼굴도 모르는 채 어려서부터 일찌감치 보육원에 들어가 거기서 자랐다. 하지만 보육원에서도 나이가 차니까 나가라고 등을 떠밀다시피 해서 이런저런 시설을 떠돌았다. 시설을 떠도는 동안 가까스로 야간 고등학교를 마치기는 했다. 고등학교 졸업하자마자 햄버거 가게에서 아르바이트를 했다.

나는 다행히 시골 외갓집에서 고등학교까지 다닐 수 있었다. 먼저 세상을 뜬 외할아버지 뒤를 따라 외할머니마저 고등학교 졸업 무렵 세상을 떴다. 가까스로 고등학교를 졸업한 뒤 서울에 와서 숙희가 일하고 있는 햄버거 가게에서 아르바이트를 하게 되었다. 그때 우리는 둘 다 외로운 처지라 쉽게 가까워졌다. 사랑하는 사이가 되었지만 사랑은 결코 쉬운 일이 아니었다….

헤어진 지 5개월 만에 내 앞에 나타난 숙희. 배 속에 내 아이까지 담고 나타났다. 숙희는 내가 싫어서 떠났으면서도 애를 배 속에 담고 떠난 모양이다. 어쩌면 배 속에 내 아이가 담겨 있는지 모르고 갔을 확률이 컸지만….

아이를 계기로 다시 숙희와 옛날 관계를 회복할까 하는 생각을 잠시 했다. 그러나 이내 곧 도리질을 쳤다. 나야 다시 잘해볼 수도 있지만 숙희는 그런 생각이 전혀 없을 것이다. 자기 앞길이 창창하다고 하던 숙희 모습이 떠올랐다. 다시 도리질을 쳤다.

숙희는 제 갈 길을 가고 아이만 내가 맡으면 되겠지. 나는 아주 단순하게 생각하기로 했다. 가는 사람까지 잡아야 할 이유는 없다. 갈 사람은 가고 남을 사람만 남으면 그만이다. 갈 사람은 갈숙희. 남을 사람은 나와 아기.

보통, 아이는 열 달이 되어야 낳는다. 나도 열 달을 엄마 배 속에서 산 뒤 이 세상에 나왔을 것이다. 그런데 엄마도 가고 아빠도 가고 외할아버지도 가고 외할머니도 가고 나만 이 세상에 남겨졌다. 그런 나에게 덜 외로우라고 아이가 내게 오는지 몰랐다.

나는 아이 생각을 하면서 더 열심히 아르바이트 일을 했다. 나는 일찍 죽어서도 안 되고, 아이를 굶기지도 않겠다고 다짐했다. 그러려면 더 열심히 몸도 관리하고 돈도 많이 벌어야 한다.

일하는 가게 문을 닫을 무렵 휴대폰으로 전화가 왔다. 지난 5개월 동안 전화 한 통 없던 숙희였다. 나는 다짜고짜 물었다.

"혹시 아이 낳았니?"

"눈치 하난 빠르셔. 아이 낳았으니까 내일 봐!"

어디서 어떻게 보자는 얘기도 없이 숙희는 전화를 끊었다. 아이가 딸인지 아들인지도 물어볼 새도 없었다. 숙희가 걸었던 번호로 다시 전화를 할까 하고 통화 기록을 뒤졌다. 그러나 숙희는 자신의 전화번호를 남기지 않았다. 가장 최근 전화 기록 목록에 '발신번호 제한'으로 떴다. 전화를 해볼 수도 없었다. 숙희가 다시 연락을 해올 때까지 기다릴 수밖에는….

집에 들어와 누웠지만 잠이 쉬 들지 않았다. 내일 숙희를 만나면 무슨 말을 먼저 건네야 할지 생각해보았다.

'애 낳느라고 고생했어….'

너무 뻔한 말 같아 머릿속에서 빨리 지웠다.

'아이에게 부끄러운 아빠가 안 되게 열심히 살아야지!'

숙희의 공박이 예상 되는 말이라 그것도 지웠다. 숙희는 보나마나 이렇게 말할 것이다.

'지금 꼴은 안 부끄럽고?'

이리 뒤척 저리 뒤척 하다 보니 어느새 새벽이 되었다. 아르바이트 가게엔 저녁 때 나가면 되므로 새벽에 눈을 붙여도 한참 잘 수 있다.

얼마 쯤 지났을까? 머리맡에 두고 잔 휴대전화기 신호가 울렸다. 전화를 받기 위해 손을 뻗쳤다. 숙희 전화이려니 했다. 짐작이 틀리지 않았다.

"이따 열두 시에 저번에 보았던 그 찻집으로 나와."

숙희는 내가 알았어,라는 대답하는 것도 제대로 안 듣고 전화를 끊는 성싶었다. 전화기록을 살펴보니 역시 숙희 전화번호가 없었다. 발신번호 제한….

전화기에서 시계를 보니 10시가 조금 넘어 있었다. 새벽에 잠 들었는데 그새 꽤나 잤나 보다.

이불 속에서 조금 더 뒤척이다가 일어나 세수를 하고 다섯 달 전에 숙희를 만난 찻집으로 갔다. 12시 전에 찻집에 도착했는데 숙희가 와 있었다. 숙희 옆자리엔 포대기가 하나 놓여 있었다. 짐작은 했지만, 가까이 가서 보니 그 안에 갓난아기가 들어 있었다.

"이 애야?"

나는 조심스레 포대기를 헤치며 아기를 들여다보았다.

눈은 감은 채였지만 코와 입은 그린 듯이 박혀 있고, 머리숱도 제법 많은 핏덩이가 거기 있었다. 아들인지 딸인지는 얼른 가늠이 되지 않았다. 숙희를 쳐다보았다.

"딸이야."

숙희가 짧게 대답했다. 내가 궁금해 하는 걸 알아차린 듯이….

"첫딸은 살림 밑천이라던데!"

나는 어디선가 주워들은 말을 무심코 했다. 숙희가 희미한 웃음과 함께 씁쓰레한 표정으로 말했다.

"나도 첫딸이었데!"

순간적으로 숙희의 힘들었을 과거가 휙 지나갔다. 숙희는 엄마 아빠 얼굴도 모른다. 다만 그 분들이 처음으로 난 애라는 것만 안다. 우리 아기는 힘 안 들어야 할 텐데, 그 생각도 같이 들었다.

숙희가 여느 때와 달리 차분한 목소리로 조곤조곤 얘기했다. 몹시 낯선 모습이었다. 아이를 낳아서 이제 엄마가 되어 그러는 걸까?

"오빠, 내 처지가 지금 애를 키울 상황이 아니니까 오빠가 조금만 맡아줘. 아이는 엄마가 키워야 한다지만 애 키울 여건이 도저히 되지 않아서….”

"그러지 뭐. 나도 잘 키울 수 있어!”

나는 아이가 생겼다는 사실이 무척 신기하여 대수롭지 않게 대답했다. 순간 숙희의 얼굴에 안도의 빛이 스쳐지나갔다.

"아이 맡길 데가 마땅치 않아. 아이 낳자마자 다 돈 들어갈 일뿐이야. 배 속에 있을 땐 내 하는 대로 가만히 있더니 내 배에서 나오니까 모든 게 다 복잡해! 그렇다고 앞길이 창창한 내가 돈 안 벌고 하루 종일 애 얼굴만 들여다보고만 있을 수도 없고…. 애 낳고 열흘 넘게 고민해보았지만 오빠한테 데려다주는 게 가장 낫겠다는 생각밖에….”

그야 나도 마찬가지이다. 하루도 빠지지 않고 일을 해야 겨우 내 한목숨을 유지한다.

"그래도 오빠는 저녁에만 일을 하면 되니까 나보다는 상황이 더 나아. 그니까 몇 달만 애를 맡아줘. 곧 내가 데려갈게."

숙희 너는 지금 어디서 일하느냐고 묻고 싶었지만 입을 다물고 말았다. 어차피 내게서 떠나간 애. 어디서 무슨 일을 하든 내가 간섭할 자리에 있지 않아서였다.

"걱정 마. 아빠가 애 굶기기야 하겠어."

말이야 자신만만하게 했지만 애 키우는 일이 쉽지 않으리란 것쯤은 나도 안다. 게다가 나는 두어 달 지나면 군대에도 가야 한다. 하지만 내게 애를 맡기러 왔는데 달리 무슨 말을 할 것인가.

"근데 숙희야, 내가 군대에 갈 땐 어떡하지?"

"뭐라고? 군대에 가야 한다고?"

숙희 얼굴이 울상이 되었다. 나는 허공만 쳐다보았다.

찻집에서 나올 때 아기를 싼 포대기는 내 품에 안겨 있었다. 그리고 아기 젖병이며 기저귀 따위가 들어 있는 천 가방도 내 손 안에 쥐어졌다.

찻집 문을 나서는데 '가엾은 어머니 왜 나를 낳으셨나요?'라는 노랫말이 울려 퍼졌다. 매끄럽지만 어딘가 슬픈 느낌을 주는 목소리로 노래를 부르는 가수였다. 찻집의 주인이 꼭 내 처지를 보고 있으면서 거기에 맞추어 노래 선곡을 하는 성실었다. 근데 요즘 노래도 아니고 꼭 흘러간 노래만 틀어대는 심사라니…. 짐작대로 찻집 주인이 나이가 들었다는 얘기일 것이다.

숙희는 역시 말없이 갔다.

나는 아기가 싸인 포대기와 기저귀 가방을 들쳐 안고 원룸으로 돌아왔다.

아이와 생활하는 것은 거의 전쟁이었다. 때맞춰 우유 타서 젖병에 담아 아이 입에 물려주어야지, 젖병을 다 비우고 나면 씻고 소독해야지, 아이가 울면 안고 달래야지, 오줌이나 똥을 싸면 기저귀 갈아주어야지….

아이가 내 공간에 들어와서 무엇보다도 힘든 건 아르바이트 일을 갈 수 없다는 거다. 거의 하루 종일 아이 곁에 붙어 있어야 하기 때문이다. 그간 조금 모아놓은 돈으로 겨우 버텼다. 그런데 이렇게 계속 살다가는 언젠가 통장 잔고도 바닥이 날 것이다. 그러면 아이도 못 키우게 된다. 나와 같은 피붙이가 생겼다는 기쁨보다는 불안감이 점점 밀려왔다.

이런 것 저런 것 따지자면 내가 다시 일을 해야 한다는 결론이 나온다. 그래서 요즘 일을 숙희랑 의논하려고 몇 번이나 전화를 걸려고 했지만 숙희는 내게 전화를 할 때 '발신번호 표시 제한'을 하고 건 까닭에 전화번호를 알 수 없었다. 게다가 아기를 내게 넘긴 뒤로 숙희는 한 번도 전화를 걸어오지 않았다. 그렇다고 어디서 일을 하는지도 몰라 찾아갈 수도 없다. 숙희하고는 이래저래 연락이 닿지 않는다.

아이가 내 공간으로 온 뒤 가장 큰 걱정은 두 달 정도 지난 뒤 내가 군대에 들어가야 하는 일이었다. 부모도 없고, 대학도 안 다녔고, 일가친척 하나 없는, 그야말로 '혈혈단신'인 나를 군대에서 오라고 하는 이유를 도무지 알 수 없다. 나 같은 사람도 국방 의무를 해야 하는 이유가 뭘까?

사실 군대에 가 있으면 편할 수도 있겠다 싶었다. 군대는 먹여주고 입혀주고 재워주고 하지 않는가. 나는 20여 년 살면서 사람에겐 먹고 입고 자는 문제가 아주 중요한 일이라는 것 알고 있다. 어찌 보면 아주 일상적인 일이지만 그 일상적인 일을 누리고 살기가 쉽지 않다. 그런데 군대는 그런 것을 다 해결해준다. 나 같은 사람에게 딱 맞는 곳이 군대이겠다 싶었다. 하지만 내게 아이가 온 뒤로는 군대가 가장 큰 걸림돌이 되고 말았다.

군대 문제와 아이 문제를 해결해보려고 동사무소로 구청으로 뛰어다녀보았지만 신통한 소리를 듣지 못해 안달이 더 났다. 먼저 아이가 출생 신고가 되어 있어야 부양가족 등록을 해서 군 입대를 늦출 수 있다는데 아이 엄마인 숙희하곤 연락이 닿지 않는다.

'나한테 떠넘길 거였으면 아이 출생 신고라도 해서 나한테 데려다주지. 이게 뭐야? 연락도 안 되고….'

속으로 불이 났지만 어쩔 수 없었다. 분통을 터뜨려보아야 누구 하나 받아줄 이도 없다. 아이 못지않게 내 신세도 처량했다.

혼인 신고를 하지 않고서 애를 낳으면 아이 낳은 엄마가 직접 출생 신고를 해야 한다고 한다. 그래서 아이 출생 신고도 하지 못하고 있다. 아이 출생 신고를 못했으니 아이가 내겐 부양가족이 아니다. 피를 나눈 내 자식인데 부양가족이 아니라니. 그래서 군대 입대도 늦출 수 없다니…. 군대 입대를 늦추려면 부양가족이 있다는 것을 입증해야 한다. 근데 출생신고조차 못하고 있는 형편이니….

애가 내게 온 지 두 달이 지났다. 애가 밤에 열이 많이 나 잠을 못자고 보채서 날이 새자마자 소아과 병원에 가기 위해 애를 안고 집을 나섰다. 소아과 병원 가는 길에 교회 하나가 있는데 교회 앞에 제법 큰 상자 같은 것이 하나 놓여 있었다. 헌옷이나 이불을 수거하는 함은 아니었다. 가까이 가서 보니 '베이비 박스'라고 적혀 있었다.

'베이비 박스'라니. 베이비는 어린아이를 뜻하는데…. 길 가는 승용차 뒷유리에 흔히 'baby in car'라고 쓰여 있던 게 떠올랐다. 인터넷을 뒤졌다. 베이비 박스에 무슨 뜻이 있을 것 같아서였다.

'베이비 박스'는 이런저런 사정으로 아이를 못 키우게 된 부모들이 아기를 갖다 두는 곳이었다. 그걸 그 교회에서 운영하고 있었다. 옛날에 부자집 문 앞에 애를 두고 가는 거와 같은 거였다. 그렇다면?

나는 그 교회의 '베이비 박스'에 대해 며칠 동안 생각했다. 웬만하면 아이는 부모가 직접 길러야 한다. 그런데 나 혼자 아이를 기르는 건 무리이다. 우선 돈을 벌어야 한다. 그런데 애 때문에 밖에 나갈 수도 없다. 그리고 무엇보다도 군대에 가야 한다. 그때는 누가 아이를 맡아 줄 것인가. 아이 엄마는 연락이 닿지 않는다. 그렇다고 아이를 데리고 군대에 같이 갈 수도 없다. 결국 '베이비 박스'에 아이를 데려다주어야 한다는 결론을 내렸다.

언젠가 교도소에 아이를 같이 데리고 들어온 엄마가 있었다는 얘기를 들은 적이 있다. 그렇다면 군대도 그게 가능하려나? 그러나 이내 곧 고개를 저었다. 군대는 교도소하곤 다르다….

아이가 잠든 걸 보자 차마 아이와 떨어질 수가 없다. 내가 교회에 자신을 맡긴 걸 알면 나중에 얼마나 아빠를 원망할 것인가? 나야 그래도 외할머니가 거두어주지 않았는가? 아이의 얼굴을 보자 눈물이 흘러내렸다. 하지만 군대 입대 일자가 부득부득 1주일 앞으로 다가와 아이를 그 안에 어디에든 맡겨야 했다. 아무래도 그 '베이비 박스'에 데려다주어야 할 것 같았다. 빈 종이 하나를 가져와 편지를 썼다.

아이를 여기에 두고 가서 죄송합니다. 아이 이름도 없습니다. 아이 엄마와 연락이 되지 않아 출생신고도 하지 못했습니다. 태어난 날만 압니다. 생년월일은 0000년 00월 00일입니다. 아이 엄마하곤 전혀 연락이 닿지 않습니다. 저는 1주일 뒤 군대에 가야 합니다. 아이와 함께 입대할 수 없어 여기에 아이를 맡기고 갑니다. 제대하면 아이를 다시 찾아갈 테니 그때까지만 맡아주십시오. 염치없는 부탁이지만 절대로 입양은 보내지 말아 주십시오. 그럴 일은 없겠지만 혹시 애 엄마가 나타나 출생신고를 해주더라도 말입니다.

아이는 배만 부르면 저녁에도 잠을 잘 잡니다. 생후 2개월 동안 맞혀야 하는 예방 주사는 다 맞혔습니다. 먹다 남은 분유랑 쓰다 남은 기저귀 가방도 같이 두고 갑니다. 거듭 죄송합니다.

편지를 쓰는 동안 눈물이 얼굴을 타고 내렸다. 나는 아이가 젖병을 외면할 때까지 우유를 듬뿍 타서 입에 물려주고 또 물려주었다. 이어 마음이 변할지 몰라 서둘러 아이를 포대기에 잘 감싸고 포대기 안에 편지를 같이 넣었다.

집을 나서서 교회로 가는 동안 눈물이 쉬지 않고 흘러내려 앞을 가리는 바람에 발을 자꾸 헛디딜 뻔했다. 가까스로 교회에 도착했다. '베이비 박스' 문을 밀치고 아이를 내려놓았다. 아이는 세상모르고 잠들어 있었다. 아이 볼에 입을 맞추었다. 조금 전에 먹은 우유 비린내가 나고, 쌕쌕 숨소리가 났다. 아이와 떨어진 나는 거의 엉엉 소리를 냈다. 발걸음이 떨어지지 않았다. 지금이라도 아이를 다시 들어내고 싶었다.

어떻게 발길을 되돌려 나왔는지 모르지만, 가까스로 큰길로 나섰다. 차들이 씽씽 달리고 있었다. 자꾸만 숙희가 아이를 내게 맡기려고 왔던 찻집에서 나던 노랫소리가 들리는 성싶었다.

가엾은 어머니 왜 나를 낳으셨나요?

　엄마 아빠는 일찍 세상을 뜰 거면서 나를 왜 이 세상에 태어나게 했는지 원망스러웠는데, 내가 또 그런 아빠가 되고 말았다.

출세

비행기 창문으로 내려다본 한국 풍경은 아름다웠다. 바다와 섬이 그림처럼 예뻤다. 섬은 푸른 나무가 덮고 있고, 잘 정리된 밭고랑이 보였다.

비행기가 고도를 낮추어 공항 가까이 내려가자 레고 장난감의 블록 같은 아파트들이 더 가까이 보였다.

아파트가 저렇게 모여 있구나….

독일에선 흔히 못 보던 레고 블록 같은 집 쌓기…. 그 안에 많은 사람들이 산다고 했다. 사람들이 사는 블록. 그러나 난 그 안에 살지 못하고 아주 어렸을 때 비행기를 탔다 한다. 물론 나는 기억을 하지 못한다. 엄마에게서 들은 이야기이다. 엄마? 나를 길러 준 양엄마….

양엄마는 내가 한국 출신이라는 것을 굳이 숨기지 않았다. 숨기기는커녕 고등학교를 마치면 한국을 한번 다녀오라고 늘 다그쳤다. 사람은 자신의 뿌리를 알아야 한다는 논리였다.

"이제 고등학교를 졸업했으니 고향에 한번 갔다 와야지?"

양엄마는 고등학교 졸업식을 마치자마자 내게 고향에 다녀오라고 말했다. 그런데 나는 한국 어디가 고향이라는 느낌이 들지 않았다.

"내 고향은 슈트트가르트 여기인데 고향이 한국에 또 있을까요?"

사실 맞는 말이었다. 갓난아기 이후 나는 쭉 독일의 슈트트가르트에서 살았다. 한국에서 입양되어 온 이후엔 슈트트가르트를 떠나지 않은 것이다.

유명한 자동차 회사가 있는 슈트트가르트에서 자동차 회사의 기술자로 근무하는 양아버지. 평생 여기서 나서 여기서만 살아온 양부모는 자식이 없어 멀리 한국에서 나를 데려온 것이다.

나를 데려오자마자 양부모는 내 이름부터 지어주었다.

"입양 서류에 한국 이름이 혜가로 적혀 있으니 독일 이름도 비슷한 발음으로 해야 할 텐데…."

양아버지는 내 이름을 짓기 위해 머리를 쥐어짰다.

"헬가가 어떻겠소?"

마침내 양아버지는 혜가와 발음이 비슷한 헬가(Helga)를 내 이름으로 제시했다. 양엄마도 마다하지 않았다. 그렇게 해서 나는 헬가가 되었다.

자라면서 어렴풋이 들은 얘기론 혜가는 옛날 중국의 이름난 스님이었단다. 자신을 알기 위해 스승 앞에서 선뜻 팔을 자른 사람이란다. 그러니 나를 낳은 친엄마가 내 이름을 혜가로 지어 출생 신고를 한 것에는 그런 깊은 까닭이 숨겨 있을 것이라 했다. 크면서 어떤 어려움이 있어도 내가 누구인지 잃지 않고 살라는….

설마 그런 거창한 까닭이 있었을까? 그런 건 알 수 없지만, 하여튼 나는 한국을 떠나 멀리 독일에서 커야 하는 운명을 지녔다. 그래서 늘 내 자신의 정체성에 대해 고민을 하게 되었다. 하지만 내가 누구인지 알기 위해 굳이 고향을 찾아야 한다는 생각은 하지 않았다. 그쪽으론 나보다 양부모님이 더 성화였다. 나는 여기가 좋은데….

나랑 얼굴색이나 머리색이 비슷한 강수진이라는 유명한 한국인 발레 무용가가 단원으로 있는 슈트트가르트 발레단을 보

며 굳이 내가 한국 사람이라는 걸 숨기지는 않았지만, 그렇다
고 한국에 가 보고 싶은 마음은 그다지 일지 않았다.

비행기가 고도를 점점 낮추더니 이윽고 활주로에 내려앉
았다.

입국 심사를 마치고 공항대합실에 나오니 나와 얼굴 피부
와 머리 색깔이 같은 사람들이 많아 오히려 어리둥절했다. 이
름이 적힌 손 팻말을 든 사람도 적지 않았다. 아마 초면인 사람
을 기다리는 모양이었다. 나는 마중 나올 사람이 없으니 굳이
대합실에서 서성일 필요가 없어 짐을 찾자마자 대합실 밖으로
빨리 빠져나왔다.

공항버스를 타고 내가 찾아가고 싶은 곳은 입양 기관이 있
는 서울 어디였다. 지도를 열심히 보고 버스 노선표를 자세히
들여다보았다.

얼굴 피부와 머리 색깔이 같아서 그런지 아무도 나를 의식
하지 않았다. 그건 좋은 거였지만 한국말을 잘 몰라 버스 타는
데에는 애를 더 먹어야 했다. 내 독일어를 알아듣는 운전기사
가 아무도 없었다. 나는 목적지의 정류장 이름만 힘들게 한국
말로 들먹였다.

가까스로 내가 가고자 하는 곳의 버스를 탔다. 버스 창으로

밖을 내다보니 내 사는 곳보다 더 복잡했다. 그런데 신기한 건 바깥 풍경들이 전혀 낯설지 않고 아주 익숙하다는 거였다.

'많이 본 풍경 같아….'

내 스스로도 너무 놀랐다. 어디서 많이 본 듯하긴 했다. 그렇다고 입양 가는 갓난아기의 눈에 이런 풍경이 들어와 무의식 속에 박혔을 리도 없다. 어쨌든 바깥 풍경이 낯설지 않아 다행이었다. 굳이 고향을 찾을 필요가 있을까 싶었는데, 이래서 고향을 찾는 것인지도 모른다는 생각이 들었다.

슈트트가르트에서 거리에 많이 돌아다니는 자동차들이 이곳 거리를 달리고 있는 게 가끔씩 눈에 띄었다.

양아버지가 한국인인 나를 데려다 키운 것이 설마 한국인이 자기 회사의 자동차를 좋아해서만은 아닐 것이다. 그렇다고 해도 상관없는 일이긴 하다. 한국의 거리를 돌아다니는 독일 자동차 가운데 양아버지 손길이나 눈길이 한번쯤 갔을 수도 있다는 걸 생각하니 묘한 감동이 일었다.

이번 한국행은 양엄마의 이른바 '뿌리 찾기' 일환으로 계획되었다. 사실 나는 뿌리를 찾고 싶지 않다. 지금 현재의 내가 중요하지 과거의 내가 뭐 그리 중요할까 싶은 생각이 들어서였다. 그런데 한국에 와서 보니 한국이 내 뿌리인 건 틀림없다는 생각이 들긴 했다. 물론 그다지 낯설지 않다고 다 내 것인 건 아니다. 낯설지 않다고 해서 익숙한 건 아니니까 말이다. 내 겐 독일의 슈트트가르트가 더 익숙하다.

버스가 서울로 진입한 뒤 제법 큰 강을 건넌 뒤 내려주었다. 말로만 듣던 한강인 모양이었다. 입양기관 사무실이 한강 근처에 있다 해서 이리 온 것이다. 나는 가까운 곳에 미리 정해 둔 숙소를 찾아가 짐을 푼 뒤 내일부터 할 일을 정리해보았다.

굳이 입양기관을 찾아갈 필요가 있을까? 생모가 나를 입양시킨 이유를 지금 알아서 무엇할까? 양엄마는 과거를 알아야 현재를 알고 미래를 더 잘 알 수 있으니 고향에 가서 뿌리를 찾아보는 게 나쁘지 않을 거라고 얘기했지만 나는 그다지 내키지 않는다. 다만 한국이라는 나라에 여행 삼아 온 것, 처음으로 나 혼자 여행을 해보는 것, 그게 내겐 더 의미 있는 일일 뿐이다.

호텔에서 식사는 서양식과 한국식 두 가지로 준비해 준다고 했다. 여행을 가면 현지 음식을 먹어 보는 게 여행의 진짜 맛이라는 양부모의 평소 소신이 내 몸에도 박혀, 나도 한국식으로 저녁을 먹겠다고 했다.

뜻밖에 한국 음식이 입에 맞았다. 처음 해보는 젓가락질도 그다지 낯설지 않았다. 그러저럭 할 만했다. 내가 서툴게 젓가락질을 해도 아무도 나를 쳐다보지 않았다.

저녁을 먹고 호텔 밖으로 나와 거리를 구경하는 데도 아무도 나를 쳐다보지 않았다. 거리를 오가는 사람 모두 나와 비슷한 모습이어서 나도 어색하지 않았다.

호텔에서 잠을 자고 아침 일찍 근처의 입양 기관 사무실을 찾았다.

내가 찾아온 이유를 말하고 내가 알고 있는 '나'에 대해선 한국말로 더듬더듬 말했다. 그런데 나에 관한 기록은 쉽게 찾을 수 없었다. 입양 기관 사무실 직원이 책을 읽는 듯한 독일어로 내 신상에 대해 물었다.

"한국 이름이 혜가라고요? 0000년 0월 0일 출생했고, 0000년 0월에 독일로 갔고…, 지금도 독일에서 살고 있고…. 입양가서 출세했군요…."

책을 읽는 듯한 독일어이기에 '입양 가서 출세했군요'라는 말이 더 뚜렷이 날아와 박혔다. 내 기록은 얼른 찾아지지 않았다.

"숙소에 가 있으면, 연락 드릴게요. 근데 생모가 찾아질지 모르겠어요…."

입양 기관의 직원은 친절하기는 했지만, 나 같은 사람이 많아서 그런지 그다지 적극적으로 일을 처리할 것 같은 인상은 풍기지 않았다. 하여튼 첫날은 별 성과가 없어 내 신상만 알려주고 숙소로 돌아왔다.

다음 날도 그 다음 날도 입양 기관에선 연락이 오지 않았다. 아무래도 나에 대한 기록이 없는 모양이었다. 1년에도 몇천 명이 한국 밖으로 입양된다는데 오래 전 기록이 남아 있겠는가.

'입양 가서 출세했군요.'라고 한 입양기관의 직원 말이 자꾸만 귓가에 맴돌았다. 그가 출세라는 말을 어떤 뜻으로 썼는지 모르지만, 내가 출세했나? 입양 가서?

입양 기관 측 입장으로는 자신들의 주선으로 외국으로 입양 간 입양아가 다시 찾아와 자신의 뿌리를 보겠다면 그게 바로 출세한 증거인지도 모른다.

누구 하나 아는 사람도 없고, 어디 갈 데도 없어 나는 숙소에서 입양 기관의 연락을 기다리며 입양아에 관한 책을 뒤적이며 시간을 보내고 있었다. 내 자신이 입양아인데, 나 같은 아이들 이야기를 쓴 입양아 책을 읽고 있자니 묘한 기분이 들었다. 그러나 달리 할 일도 없고 해서 내 자신을 찾는 일을 책 속에서 했다.

한국의 입양 역사는 오래되었단다. 한국전쟁 때 생긴 전쟁 고아와 참전 군인들과 한국 여성들 사이에 태어난 혼혈아들을 나라 밖으로 보내기 시작했는데, 나중에 아이 수출 국가가 되기까지 했단다. 그래서 입양산업이라는 말도 생겨났다고 한다.

입양산업, 씁쓰레한 기분을 느끼게 하는 말이었다. 입양이 산업이라니! 거리에 나갔을 때도 나는 특별하지 않았다. 그렇다면 나 같은 아이를 한국 안에서 입양했으면, 독일 사람들과 다른 피부나 머리 색 때문에 덜 힘들었을 텐데…. 입양이 산업이니 그럴 수밖에 없었겠구나, 하는 생각이 들었다. 더불어 아이를 한국 밖으로 수출하면 벌이가 얼마나 되는가, 하는 생각이 들었다.

나는 자꾸만 궁금했다. 도대체 갓난아이가 무얼 벌어주었다는 얘기인가? 아이 자체는 벌이는커녕 보호를 받아야 하는 처지일 텐데….

하루가 더 지나도 입양기관에서는 연락이 없었다. 그 대신 어떤 고아원을 운영하는 교회에서 연락이 왔다. 내가 한국에 온 것을 어떻게 알았는지 모르겠다. 어쩌면 입양 기관에 내가 다녀간 것을 보고 연락할 생각을 했는지도 모르겠다. 나는 딱히 할 일이 없어 내 숙소를 가르쳐주며 데리러 오면 가겠다고 했다.

고아원. 내가 들은 바로는 나는 고아원에 있지 않고 바로 입양이 되었다 한다. 양아버지가 마침 한국에 출장 나왔다가 어떤 사람한테 내 이야기를 들은 모양이다. 그래서 곧바로 입양 신청을 했단다. 하지만 법률 수속 절차가 있어 여러 달을 기다린 다음 나를 만났다 한다.

나를 데리러 온 고아원 직원의 차를 타고 고아원에 갔다. 원생들이 한자리에 모여 있었다.

젊어서 독일 유학을 했다는 고아원 원장이 나를 원생들에게 소개했다.

"여러분 같은 고아 출신이지만 독일로 입양 가서 고등학교를 졸업하고 곧 대학에 진학할 헬가입니다. 박수! 여러분도 헬가처럼 출세하려면 외국으로 가야 합니다."

이어 독일어로 내게 자신의 말을 전해주었다. 그런데 원장 역시 출세라는 말을 쉽게 썼다.

한국에선 입양 간 게 출세인 모양이었다.

무슨 얘기를 어떻게 했는지 모른다. 독일의 학교 생활과 가정 생활을 내가 겪은 그대로 얘기했을 뿐이다. 원장의 통역이 끝나자 다들 부러워하는 눈치였다.

횡설수설 떠들었다. 다 떠들고 나자 원장이 자기 방으로 나를 데리고 갔다. 원장 책상 앞에 있는 소파에 앉자마자 원장이 독일어로 말했다.

"저 아이들도 모두 국외로 입양이 되었으면 좋겠습니다. 한국 가정엔 입양이 많이 되지 않거든요. 출산율이 거의 바닥이라 인구가 점점 줄고 있는데도 다들 입양하기를 꺼립니다. 아이를 낳은 대부분의 엄마들은 결혼한 것도 아니고, 경제적 형편도 어렵고, 나이도 어려 아이를 직접 기를 상황이 아니거든요. 그리고 개인이 기르면 정부에서 보조를 많이 안 해줍니다. 그러니 직접 애를 기를 수도 없어요. 국내 입양보다는 해외로 입양하면 수수료도 훨씬 많지요. 그러니 입양 기관들도 해외 입양에 더 신경 쓸 수밖에요. 프랑스에선가 어디선가는 입양 간 아이가 장관이 되었다는 뉴스도 있었어요. 그런 사람도 한국에 있었으면 그런 출세 못했을 거예요. 해외 입양을 잘 가면 좋지요. 헬가도 조만간에 출세할 거예요."

원장은 묻지도 않는 말을 장황하게 떠들었다. 그리고 입양 제도의 모든 것을 다 알고 있는 것 같았다. 원장도 국외로 입양 가는 것을 출세했다고 생각하는 듯했다. 그럼 나도 머지않아 프랑스의 어떤 입양아 장관처럼 되는 건가? 그게 출세인가? 나는 고개를 저었다. 입양아든 아니든 자기 능력과 노력에 따라 장관이 되기도 하고 보통 사람이 되기도 한다. 근데 장관이 되어야 출세인가? 내 생각으론 저런 생각을 하는 원장이 꾸리는 고아원을 벗어나는 게 진짜 출세인 성싶었다.

숙소로 돌아와 인터넷에 들어가 보니 미국의 한 가정에 입양되었던 '현수'라는 아이가 입양된 지 104일 만에 양아버지한테 맞아 죽었다는 기사가 떠 있었다. 나는 현수 기사를 더 자세히 읽었다.

현수는 엄마 배 속에서 열 달을 채우지 못하고 28주 만에 세상에 나왔다. 너무 일찍 태어나서 그런지 뇌수종을 비롯 몇 가지 병을 앓게 되었다. 현수 엄마는 20대 미혼모로 현수가 태어나자마자 입양기관에 맡겼다. 현수를 직접 기를 형편이 되지 않았다고 한다. 현수는 잠시 한국 위탁모 가정에서 지낸 뒤 입양 기관으로 다시 갔다. 한국 입양이 안 되고 결국 미국 가정에 입양되었다. 현수를 입양한 미국인 아버지는 살인 및 아동 학대 혐의로 기소되었는데, 살인이 아니라 사고라고 주장하는 것으로 알려졌다.

한국의 입양 특례법은 일단 한국 안에서 적어도 다섯 달 정도 입양을 추진한 뒤 안 되면 국외 입양을 해도 된다는 규정을 두고 있다. 그러나 한국 안에서는 좀체 입양이 되지 않는다. 한국 가정에 입양하는 것보다 외국 가정에 입양을 시키면 입양기관이 챙길 수 있는 수수료가 열 배 내지 열다섯 배 더 많다고 한다. 그런 까닭에 입양 기관이 한국 가정 입양에 소극적이다. 이러다 보니 한국 경제력이 커진 지금도 한국전쟁이 치러지던 1950년대에 비해 나아진 게 그다지 없이 여전히 아이 수출국 오명을 뒤집어쓰고 있다. 한국의 아이 수출 순위는 세계에서 여전히 4~5위를 다투고 있다.

현수 기사를 보니 한숨부터 나왔다. 엄마 배 속에서 충분히 살지 못한 것부터 아쉬웠다. 현수처럼 장애가 있으면 한국 정부에서 어떡하든 책임을 지고 치료를 해줬어야 했다. 그런데 남의 나라로 입양 보내는 것으로 한국 정부는 책임을 떠넘기고 말았다. 아무리 좋게 생각해주어도 현수는 떠넘겨진 것이다. 입양기관은 아이를 떠넘기고서 수수료를 받아 챙기고 말이다. 아찔했다. 만약에 내 자신이 현수였으면 어쩔 뻔했나. 현수에 비하면 나는 운이 매우 좋았다. 이런 걸 운명이라고 하나. 근데 피할 수 있었던 운명이라고 생각하니 사람들이 무섭다.

현수 기사 때문에 잠을 설쳤다. 1층에 있는 호텔 식당에 가서 아침을 먹는 둥 마는 둥 하고 묵고 있는 4층 내 방으로 올라오자 뜬금없이 입양 기관에서 전화가 왔다.

"헬가 씨, 엊그제 만났던 입양 사무실 직원입니다."

"안녕하세요? 좀 알아보셨는지요?"

"백방으로 알아보았습니다만, 워낙 옛날 일이라 쉽지 않습니다. 기록이 남아 있지 않아서…. 이런 경우 텔레비전 방송에 나가면 도움이 많이 됩니다. 텔레비전에 나오면 헬가 씨를 기억하는 분들이 혹시 연락해올지 모릅니다. 출세한 분들은 다 텔레비전을 통해서 생모를 찾습니다. 방송 출연 추진할까요?"

"아뇨, 잠시 시간을 주세요."

직원의 말이 일사천리여서 되레 뒤통수가 멍해졌다. 직원은 정해진 대로, 역시 책을 읽듯이 독일어로 얘기했다. 아주 사무적으로….

"텔레비전 방송에 나간다고 해서 생모를 꼭 만난다는 보장은 없습니다. 지난 십년 간 나라 밖으로 입양 갔다가 들어와서 생모를 찾은 사람은 백 명에 세 명도 안 되니까요. 하지만 헬가 씨처럼 양부모를 잘 만나서 출세한 사람들은 달라요. 생모나 생부들이 더 적극적으로 연락해올 테니까요."

더 이상 듣고 있을 수가 없었다.

"저는 생모 안 찾을래요. 내일 그냥 독일로 다시 돌아갈까 싶어요."

전화기 저쪽에서 뭐라고 하는 소리가 났다. 하지만 나는 더 들을 필요를 못 느꼈다. 그래서 전화기를 조용히 내려놓았다.

애초에 한국에 올 때는 한 달 정도 머물 계획이었다. 그러나 하루도 더 있을 필요가 없었다. 내 고향은 슈트트가르트이지 서울이 아니었다. 그리고 무엇보다도 나는 출세를 하지 않았다. 보통 사람으로 일상을 사는 게 출세라니….

희영

마흔 살 정도 되어 보이는, 생머리를 머리 위로 묶은 아주머니가 사무실 문을 열고 숨을 헐떡거리며 들어왔다. 구석 쪽 책상 앞에 앉아 있던 여자애가 고개를 돌려 흘깃 쳐다보았다. 여자애 옆에는 경찰복을 입은 단발머리 여자 경찰관이 앉아 있었다. 단발머리 여자 경찰관은 여자애에게 계속 무언가를 물으며 컴퓨터 자판을 두들겼다.

　생머리 아주머니가 여자애 곁에 서서 다짜고짜 소리를 질렀다.

　"너를 어떻게 키웠는데, 이럴 수가 있어?"

　여자애가 입을 쭉 내밀며 대꾸했다.

　"내가 뭘 어쨌다고?"

생머리 아주머니가 혼잣말하듯이 중얼거렸다.

"이건 아니잖아…"

"아니긴 뭐가 아니에요. 더한 일도 벌어졌는데…."

"더한 일?"

생머리 아주머니가 고개를 갸우뚱했다.

"그동안 다들 나를 속였잖아요!"

여자애의 목소리가 앙칼졌다. 단발머리 경찰관이 움찔했다. 생머리 아주머니가 어이없는 표정을 지으며 힘없이 말했다.

"속이긴 뭘 속여. 너 편하라고 그랬지."

"그게 편한 거였어요? 그동안 엄마가 누군지도 모르고 쭉 살았잖아요!"

"네 엄마는 나잖아!"

"아닌 거 나도 알아요!"

"키운 사람이 엄마지, 아니야?"

"엄마 아니잖아요. 이모잖아요!"

단발머리 경찰관이 컴퓨터 화면을 들여다보며 한마디했다.

"이모라고요? 희영이 엄마 아녔어요?"

생머리 아주머니가 더듬었다.

"그게…."

단발머리 경찰관이 생머리 아주머니와 여자애를 훑듯이 번 갈아 바라보았다.

"엄마든 이모든 그게 문제가 아니라, 상습적으로 초등학생 에게 돈을 뜯어내다가 편의점에까지 가서 강도질을 한 게 문 제지…."

"그게 그러니까…."

여자애가 뭔가 설명을 하려다가 입을 닫았다.

"엄마가 아니라 이모인 줄 알게 되면서부터 밖으로 나돌았 단 말이지?"

단발머리 경찰관이 컴퓨터 화면을 들여다보며 여자애에게 확인을 했다.

여자애가 고개를 끄덕였다.

"그랬어요. 집에 있을 수가 없었어요."

생머리 아주머니가 눈을 내리깔고 자신의 발끝을 내려다보 는 것 같았는데, 두 줄기 눈물이 양 볼을 타고 흘렀다.

"제 잘못입니다."

단발머리 경찰관이 의자 등받이에 몸을 더 깊숙이 들이밀었 다. 이어 고개를 뒤로 젖히고 천장을 쳐다보며 눈을 깜박거렸다.

"휴우!"

단발머리 경찰관이 한숨을 내쉬었다. 여자애는 입으로 손톱을 물어뜯고, 생머리 아주머니는 눈물이 나오는 눈을 계속 깜박거렸다. 아무도 입을 열지 않았다. 세 사람 사이에 한참동안 침묵이 흘렀다.

단발머리 경찰관이 의자를 책상 앞으로 당기며 컴퓨터 화면에서 커서를 움직인 뒤 여자애에게 물었다.

"편의점에서 강도질할 때 쓴 칼은 어디다 버렸어?"

여자애가 움찔했다.

"모르겠어요….”

단발머리 경찰관이 이마를 찡그렸다.

"네 손에 있던 칼을 어디다 버렸는지 모르겠다고?"

"내가 버린 게 아니어서….”

생머리 아주머니가 놀라며 눈을 휘둥그레 뜨며 단발머리 경찰관을 바라보았다.

"칼이라고요?"

"예, 편의점 CCTV에 나오더군요.”

"잘못 찍힌 거 아닐까요?"

"아주 선명하게 찍혔습니다. 편의점 종업원을 칼로 협박한 뒤 돈을 받아 쥐고 나갔습니다.”

생머리 아주머니가 고개를 가로저었다.

"아이고, 우리애가 그런 짓을 할 리가 없는데!"

단발머리 경찰관이 고개를 끄덕였다.

"당황스럽겠지만, 증거가 있으니 할 수 없네요."

생머리 아주머니가 곤혹스런 표정으로 여자애를 바라보았다.

"희영이 너, 그냥 돈 뺏은 게 아니라 칼까지 들었어?"

"그랬나 봐….."

희영이 말에 단발머리 경찰관이 다그쳤다.

"편의점에서 나간 뒤 칼을 어디다 버린 거야?"

희영은 고개를 저었다.

"모르겠다니까요…. 제가 버린 게 아니라니까요….."

단발머리 경찰관이 다시 다그쳤다.

"네가 버리지 않았어도, 칼 든 사람인 네가 모르면 누가 알아?"

생머리 아주머니가 한숨을 길게 내쉬었다.

"CCTV를 다시 한 번 자세히 봐주세요. 희영이도 모른다고 하는 걸 보면 아무래도 칼까지 들지는 않았을 거예요. 그냥 겁에 질려서 묻는 대로 대답하고 있을 거예요."

단발머리 경찰관이 고개를 끄덕였다.

"나도 애 키우는 처지라 안타깝긴 마찬가지입니다. 그랬으면 좋겠어요. 그런데 워낙 확실한 증거가 있어서 빼도 박도 못하겠네요."

희영은 편의점에서 종업원한테 돈을 빼앗은 뒤 버스 세 정거장인가를 뛰어가다가 순찰 중인 경찰관에게 붙들렸다. 편의점 측에서 강도를 당했다고 신고해서 출동했다. 칼은 희영이 손에 없었지만 편의점 종업원의 말과 CCTV의 화면이 일치하여 희영은 한밤중에 칼을 들고 편의점에 침입한 강도가 될 수밖에 없었다.

단발머리 경찰관이 생머리 아주머니에게 통고하듯이 말했다.

"희영이 죄질이 안 좋아 조서를 검찰로 넘기지 않을 수가 없어요. 그러니 그런 줄 아시기 바랍니다."

단발머리 경찰관이 다른 경찰관을 불렀다. 젊은 남자 경찰관 두 사람이 와서 희영을 데리고 안으로 들어갔다. 생머리 아주머니는 넋이 나간 표정으로 멍하니 희영의 뒷모습을 오래오래 쳐다보았다.

"다, 내 잘못이야!"

희영은 아빠가 누군지 모른다. 모르는 건 엄마 얼굴도 마찬가지이다. 희영의 엄마는 희영을 낳자마자 동생에게 맡기고 캐나다로 이민을 가버렸다. 물론 희영의 아빠가 누군지조차 알려주지 않았다. 그렇다고 희영의 엄마 아빠가 같이 이민을 간 것도 아니다. 희영 엄마도 희영을 낳는 게 부담스러울 정도로 희영의 아빠와는 진즉 틀어졌다. 희영 엄마는 미혼모이다. 미혼모인 엄마는 희영을 스물 갓 넘은 동생에게 맡기고 대한민국을 떠나 버린 것이다. 그리고 이민을 간 이후 15년 넘게 이 땅을 한 번도 밟지 않았다. 그때부터 이모는 희영의 엄마가 되어야 했다. 결혼도 하지 않고 직장 생활을 하면서 조카를 딸처럼 길렀다. 희영도 이모가 엄마인 줄 알고 자랐다.

희영은 엄마인 이모와 외할머니와 단란하게 살았다. 초등학교 땐 희영이도 아무 문제가 없었다. 그저 아빠가 일찍 죽었거나 이혼하여 엄마랑 외할머니랑 함께 사는 줄만 알았다. 희영이 중학생이 되면서 이른바 '출생의 비밀'을 알게 되었다.

중학교 1학년 때 짓궂게 구는 반의 남자아이랑 심하게 싸운 뒤 교무실에 불려가 담임선생님한테 훈계를 듣는 과정에서 이상한 소리를 들었다. 학부모 면담철인지 상담철인지를 뒤적이던 담임선생님이 지나가듯이 말했다.

"어? 희영이 너 이모랑 할머니랑 같이 사는 거야?"

"이모랑 사는 게 아니고 엄마랑 사는데요."

"그래? 근데 여기엔 이모가 상담을 했네…."

담임선생님은 더 이상 캐묻지 않고 넘어갔다. 급우들과 잘 지내야 한다는 뻔한 소리를 듣고서 교무실을 나왔다. 그런데 같이 불려간 남자아이는 가만있지 않았다. 뭔가 중요한 사실을 알아내기라도 했다는 듯이 교실에 돌아오자마자 큰 소리로 외쳤다.

"희영이는 엄마가 없어 이모랑 산대!"

희영은 그 말이 말 같지도 않다고 여겨져 톡 쏘아붙였다.

"내가 이모랑 살든 엄마랑 살든 네가 무슨 상관이야!"

말은 그렇게 했지만, 가만히 생각해보니 그간 할머니가 늘 쯧쯧 하며 혀를 차던 일이 생각났다. 그때는 아빠도 모르고 자라는 자신이 안되어 보여서 그러는 줄 알았다.

"아이고 불쌍한 내 강아지!"

그런데 할머니와 엄마가 주고받는 말이 이상했다.

"네 언니한테 아무런 연락이 없니?"

"15년 넘도록 한 번도 연락이 없으니까 이제 남이구나 생각하셔요."

"그렇게 생각한다만 희영이가 안돼서 그러지."

"희영이는 내 딸인데 뭐가 안됐어요."

엄마와 할머니는 이런 말을 소곤소곤 주고받다가 희영이가 나타나면 얼른 입을 닫고 다른 소리를 했다.

"희영아 이번 주말엔 엄마랑 할아버지 산소 갔다가 외삼촌 집에 사과 따러 가자!"

"나, 바쁜데…. 다음 주에 우리 모둠에서 작성할 사회 숙제 해야 해. 미리 답사할 게 있어서 친구들이랑 주말에 가기로 했단 말이야."

"그러면 그 다음 주에 하지 뭐!"

그러나 엄마는 다음 주, 그 다음 주가 되도록 할아버지 산소 며 외삼촌 집을 들먹이지도 않았다. 앞뒤를 맞춰보니 뭔가 이상했다.

'아무래도 우리 엄마는 따로 있는 거야….'

희영은 자꾸만 마음이 이상한 쪽으로 흘러가는 것을 느꼈다. 담임선생님이 한 말도 가벼이 넘길 말이 아닌 것 같았다.

며칠 전 엄마에게 돈 달라고 했는데 주지 않았다. 학교 끝나고 아이들이랑 코인 노래방을 가기로 했다. 노래방 다음엔 '치킨' 먹으러 가기로 했다. 한 사람 당 만원 정도가 있어야 했다. 그래서 아침에 엄마에게 만원만 달라고 했지만 주지 않았다.

"희영아, 엄마 월급날이 며칠 안 남았으니 그때 줄게!"

예전 같았으면 그러려니 하고 넘어갔겠지만 지금은 묘했다. 일부러 용돈을 주지 않는 것만 같았다.

'친엄마가 아닌 것이 틀림없어. 돈 주기 싫은 거야.'

희영은 그날 같이 놀기로 한 친구들과 함께 동네 놀이터에서 한 학년 아래인 후배한테서 돈을 빼앗았다.

"너, 돈 가진 거 다 내놔!"

그러나 그 애는 2천원뿐이었다. 가슴이 벌렁거렸다. 하지만 2천원 가지곤 충분히 놀지 못한다. 그래서 희영과 친구들은 놀이터에 놀러 나온 초등학교 아이들에게서도 빼앗았다. 처음엔 가슴이 벌렁거렸지만 돈을 빼앗다보니 은근히 즐거웠다. 희영과 친구들은 과장되게 불량스런 표정과 몸짓을 하며 이 아이 저 아이의 주머니와 가방을 뒤져 돈을 뜯어내서 노래방도 가고, 아이스크림도 사 먹었다.

어느새 희영과 친구들은 학교 안에서 '일진'으로 소문이 났다. 피해를 입은 학생들의 부모가 학교에 나타나 교무실에 끌려온 희영과 친구들을 나무랐다. 특히 희영에겐 이상한 소리까지 했다.

"애비 에미 없이 할머니와 이모 밑에서 자라면 더욱 잘해야

지. 이게 뭐야? 커서 조폭 마누라 될 작정이어서 일찌감치 조폭 연습하는 거야?"

희영은 그때 자신의 '출생의 비밀'을 확실히 알았다. 엄마라 부른 사람이 엄마가 아니고 이모였다니! 저 아이들의 부모에게 아무래도 담임선생님이 알려준 것 같았다. 그러지 않고서야 이런 사실을 어떻게 알겠는가.

이때부터 학교고 집이고 다 싫어졌다. 어른들은 다 거짓말쟁이이거나 나쁜 사람이었다. 자꾸만 마음이 비꾸러져 학교 폭력 사건의 주동자가 되기도 했다. 그래서 소년보호처분을 받아 보호관찰 중이었다. 그러나 그런 처분이 그다지 심각하게 여겨지지 않았다. 아직 미성년자이기 때문에 감옥엔 가지 않으리라고 막연하게 생각하기도 했다.

희영은 점차 친구들과 더 크게 일을 벌이기로 했다. 조무래기들 호주머니를 뒤지는 건 좀스러워 보였다. 그렇다고 은행 같은 곳을 털 자신은 없었다. 자신들이 털 만한 곳은 한밤중에 종업원 혼자 있는 편의점이 좋을 것 같았다. CCTV에 찍힐지 몰라 그게 좀 걸렸다. 다들 이럴까 저럴까 망설이고 있자 아이들 가운데 하나가 자신 있게 말했다.

"편의점에 설치된 CCTV 절반이 작동 안 한대. 그냥 겁주려고 설치해놓은 거래."

희영과 친구들은 서로 역할을 분담했다. 망을 보는 사람, 칼을 들고 종업원을 위협하는 사람, 그새 계산대의 돈을 챙기는 사람, 나중에 범행에 쓴 칼을 적당한 곳에 버리는 사람 등등. 그들은 밤새 거리를 오가며 적당한 편의점을 물색했다. 마침내 적당한 곳을 발견했다. 그들은 편의점문을 밀치며 안으로 들어가 다른 손님이 있는지 없는지 살핀 뒤, 종업원이 혼자 있는지도 살폈다.

희영은 칼을 들이밀며 종업원을 위협하는 역할을 맡았다. 범행에 쓴 칼은 버리는 사람이 따로 있었다.

희영과 친구들은 편의점을 털어 챙긴 돈을 채 써보지도 못하고 모두 경찰에 붙잡혔다. 그들이 범행을 저지른 편의점은 CCTV가 제대로 작동을 했고, 계산대 밑에 위급시에 파출소랑 바로 연결되는 전화선도 있었다.

그들 모두 소년 법정에 서게 되었다. 희영은 보호관찰 중인데다가 칼을 든 강도가 되어 죄질이 특히 더 나쁘다고 했다. 미성년자이지만 어쩌면 소년원이라는 감옥에 갈지도 모른다고 했다. 희영이 쓴 칼은 버스 세 정거장 떨어진 곳에 있는 쓰레기통에서 금세 발견되어 희영의 역할을 증명해주었다.

희영은 재판정에 들어서자 방청석을 둘러보았다. 그간 15년 넘게 엄마로 알고 있던 이모가 고개를 숙이고 있었다. 희영은 얼른 고개를 돌려 자리에 앉았다. 친구들은 보이지 않았다. 친구들은 다른 날 재판을 받는 모양이었다. 희영은 자리에 꼿꼿이 앉아 판사석을 쳐다보았다. 판사가 서류를 뒤적이고 있었다.

판사 눈에 편지가 들어왔다. 희영이 이모가 쓴 탄원서이다.

존경하는 판사님

저는 보호관찰 중에 편의점에서 강도짓을 한 희영이의 이모입니다. 이모라지만 실제는 희영이의 엄마로 살았지요. 언니가 희영이를 낳자마자 집에 데려온 뒤 캐나다로 이민을 가버려서 본의 아니게 제가 희영이를 키우게 되었습니다. 강보에 쌓인 희영이의 맑은 눈동자를 보는 순간 저마저 언니처럼 무책임하게 굴 수 없다는 생각이 들었지요. 희영이의 아빠가 누군지도 모르고요. 그때만 해도 저는 희영이를 잘 키울 수 있으리라는 자신감이 들었지요.

희영이는 자라면서 그다지 말썽을 피우지 않았습니다. 희영이 외할머니가 몸이 불편했지만 희영이가 곁에서 잘 보살펴주어 저는 마음 놓고 직장 생활을 할 수 있었습니다. 초등학교 때에는 희영이가 참으로 의젓하고 든든하게 여겨졌습니다. 그런데 중학교에 간 뒤 희영이는 자신의 '출생의 비밀'을 알게 되어 가슴앓이를 꽤나 한 모양입니다. 그러나 전 그걸 별로 대수롭지 않게 여겼습니다. 사춘기니까 예민해서 그러는 걸로 가벼이 생각했지요.

하지만 희영이는 점점 삐뚤어져 갔습니다. 그때마다 저는 야단만 쳤습니다. 더 따뜻이 안아주고 다독여주어야 했는데 그렇게 하지 못했습니다. 핑계를 대자면 직장생활에 꽤나 지쳐 있어서 그랬지요. 지금 많이 후회합니다. 희영이가 보호관찰 중인데도 그다지 심각하게 생각하지 않았지요. 보호 기간이 어서 끝나기만을 바랐지요. 그러다가 이번 일이 터졌습니다. 사건이 터지자 정신이 번쩍 들더군요. 희영이 엄마로 평생 살기로 했으면서 엄마 노릇을 제대로 못해서 이런 일이 생겼다는 자책감이 들었습니다. 다 제 잘못입니다. 희영이에게 다시 한 번 기회를 주시면 제가 좋은 엄마가 되겠습니다. 그 옛날 제 집에 들어올 때의 희영이 검고 맑았던 눈동자가 생각납니다. 그때 희영이는 자신의 의지와는 전혀 상관없이 세상에 나왔고, 나와 모녀 관계를 맺었지요. 부디 선처를 해주십시오. 희영이가 잘못을 저지른 건 다 제 잘못입니다. 제가 대신 벌을 받을 수 있으면 좋겠습니다. 이런 엄마가 되려고 희영이 엄마로 살겠다고 한 건 아닙니다….

판사의 눈시울이 붉어지는 것 같았다. 입을 앙 다물고 뭔가를 결심하는 듯했다. 판사가 희영이게 물었다.

"이모가 결혼도 하지 않고 돈을 벌어 너를 위해 애쓰는데, 네가 이래서 되겠어?"

희영이가 울먹거렸다.

"잘못했습니다."

"정말이야? 잘못한 줄 알아?"

"…."

"잘못한 줄 알면 앞으로 어떻게 할 거야?"

"학교에서고 집안에서고 말썽 안 피우고 잘 지내겠습니다."

"그래, 그러면 지금 당장 내가 시킨 대로 해야 한다."

재판 관계자들과 방청객들 모두 판사의 입을 쳐다보았다. 판사가 잠시 뜸을 들이는가 싶더니 이내 곧 입을 열었다.

"희영이는 이모님을 안아드린 뒤 이모님 앞에 무릎 꿇고 앉아 '이모님 사랑합니다'를 열 번 외쳐라! 법정이니까 굳이 '엄마'라 하지 않아도 된다!"

희영이가 방청석으로 다가갔다. 생머리 아주머니도 방청석에서 나가 희영이와 마주 섰다. 희영이는 생머리 아주머니를 안은 뒤 그 앞에 꿇어앉았다. 그런 뒤 큰소리로 외쳤다.

"이모님, 아니, 엄마 사랑합니다! 엄마 사랑합니다! 엄마 사랑합니다! 엄마 사랑합니다!……."

희영이의 외침이 끝나자 생머리 아주머니가 희영이를 꼭 껴안은 채 큰 소리로 울며 더듬거렸다.

"희영아, 엄마가 미안해…."

방청석 여기저기서 훌쩍거리는 소리가 났다. 재판 관계자들도 다들 손등으로 눈물을 훔쳤다.

판사가 판결을 내렸다.

"희영이에게 2년간 보호관찰 처분을 내립니다. 보호관찰자는 이모로 합니다!"

※ 소설 〈희영〉은 부산가정법원의 소년부 판사인 천종호 판사의 소년재판 이야기 《아니야, 우리가 미안하다》(우리학교 펴냄)라는 책에 들어 있는 '이런 엄마가 되기를 원했던 건 아니었습니다'가 실마리가 되었습니다. 낳은 엄마가 아닌, 이모나 고모가 조카를 친엄마처럼 키워내고, 조카가 나중에 어른이 되어 '효도'를 한 '미담'을 주변에서 많이 보고 들었습니다. 그런데 이모를 엄마로 알고 자란 아이가 '비행'을 저지르고 그 과정에서 자신의 '출생의 비밀' 때문에 더 비꾸러진 사례를 접하자, 다른 이야기보다 먼저 쓰고 싶었습니다.

불
끄고
자야지

아빠가 문 손잡이를 돌리려다 말고 잠깐 뒤를 돌아보더니 다시 손잡이를 잡았다. 너울거리는 촛불에 아빠의 뒷모습도 같이 흔들렸다.

"아빠, 왜?"

"문이 잘 잠겼나 보려고….."

아빠가 말꼬리를 흐렸다. 나는 아빠가 왜 저러는지 안다. 알면서도 물을 수밖에 없다. 아빠가 집 밖으로 안 나갔으면 하는 마음에서다. 아빠는 밤인데도 지금 공장에 나가려고 그런다. 공장…, 아빠의 직장인 원자력발전소.

아빠는 지금 공장이 궁금하다. 공장이 걱정되어서 안절부절 못하고 있다. 아빠는 벌써 여러 날째 공장에 나가지 못하고 있다. 아빠가 공장에 못 나간 건 지진 때문이다.

지진이 일어났다. 거짓말처럼 모든 게 흔들렸다. 파도에 배가 마구 흔들릴 때처럼 집이 출렁거렸다. 집만이 아니었다. 나무도, 전봇대도, 땅도…. 우리가 사는 집은 몇 번 흔들리다가 가까스로 다시 자리를 잡았다.

지진이 끝난 뒤 우리 집은 전기가 끊기고, 수돗물이 들어오지 않고, 집안의 가재도구 등 물건 들이 쓰러져 제멋대로 나뒹굴었다. 벽에는 금이 가고 어떤 쪽은 무너지기도 했다. 그래도 이 정도는 괜찮은 편이다. 불편하긴 해도 집이 아주 쓰러진 건 아니기 때문이다. 어떤 집들은 폭격을 맞은 것처럼 폭삭 주저앉기도 했다. 그래도 우리 집은 당장 비워야 할 정도로 아주 망가지진 않았다. 물론 다른 집과 마찬가지로 전기가 끊겨 전등 대신 촛불을 켜고, 수돗물이 들어오지 않아 급수차에서 물을 받아오고, 가구들이 쓰러져 부서지긴 했다.

"그래도 이만하기 다행이야. 아무도 다치진 않았으니까…."

엄마는 집과 살림살이는 망가졌어도 가족 가운데 다친 사람이 없어 다행스러워했다.

원자력발전소는 집보다는 더 튼튼해서 겉으로 보기엔 덜 망가졌다. 하지만 원자력발전소는 집하곤 비교가 안 될 정도로 위험해져버렸다.

"집보다 공장이 더 문제야…."

아빠는 공장이 걱정되어서 조바심이 났다. 지금은 아빠가 공장으로 가려고 조바심을 내지만 지진이 일어났을 때 아빠는 당장 집에 들어오지 못했다. 원자력발전소에서 방사능이 새 나오나 지켜보기 위해서였다.

며칠 만에 집에 돌아온 아빠는 잠깐 눈을 붙인 뒤 일어났다. 잠이 깬 아빠는 같은 말만 되풀이하며 안절부절못한 채 집안을 서성였다.

"불을 꺼야 잠도 편히 잘 텐데…."

아빠는 원자력발전소 운영통제실에서 근무한다. 나는 아빠가 회사에서 무슨 일을 하는지 늘 궁금했다.

"아빠, 운영통제실이 뭐하는 데야?"

"말 그대로야. 원자력발전이 잘 되게 운영을 하고, 그때그때 발생하는 문제를 해결하는 곳이야."

'말 그대로라니?'

나는 그 말이 더 어려웠다.

"아빠는 거기서 무슨 일 해?"

"원자로 안에 물을 대는 일을 하고 있어. 원자력발전소의 구조는 워낙 복잡해서 아빠도 잘 몰라. 원자력 불을 켜기 위해선 원자로 안에서 원자핵이 자꾸 커지도록 핵분열을 일으켜 그때 생기는 에너지를 전기로 바꾼다는 것만 알아. 그런데 핵분열이 일어날 때 원자로는 무지 뜨거워. 원자로를 식혀주지 않으면 바로 폭발할 거야. 그래서 아빠가 계속 물을 부어 원자로를 식혀준단다"

"아빠 혼자서?"

"아니, 다른 아저씨랑 여럿이 돌아가면서 해."

아빠는 '운영통제실'이라는 거창한 곳에서 일하지만 쉽게 말해 아빠가 하는 일은 뜨거운 원자로에 물을 부어 식혀주는 것이란다.

"원자력발전이 위험하긴 해도 화력발전이나 수력발전에 비하면 이점이 많아. 그래서 자연자원이 별로 없는 우리나라는 원자력발전이 많은 거야. 원자력발전이 없었으면 이만큼 누리고 생활하기 힘들어."

아빠는 원자력발전에 대한 자부심이 대단하다.

나라 이름에 훤한 대낮(日)에다 불 화(火) 자까지 들어 있는 일화국(日火國)이면서도 우리나라는 '불' 때문에 어려움이 많다, 화력발전이나 수력발전을 할 자연자원이 풍부하지 않기 때문이라고 했다.

우리가 살고 있는 도시는 원자력발전소가 들어서면서 생겼다. 그래서 학교에선 늘 원자력발전에 대한 수업을 한다. 학교를 다니기 시작한 지 한 달 정도만 지나면 누구나 원자력발전에 대해 웬만큼 설명을 할 수 있다.

아빠는 자신이 하는 일을 무척 자랑스러워했다.

"원자력발전이 위험하긴 해도 걱정은 안 해도 돼. 발전소가 위험에 대비해 튼튼하게 지어졌거든."

모두들 원자력발전의 위험을 말하곤 하지만 별로 걱정은 안 했다. 지진이 나기 전까진 누구도 위험을 직접 느끼며 살지는 않았기 때문에 그렇다. 아빠의 직장이 원자력발전소인 우리 집도 그동안은 원자력발전의 위험성을 떠올리며 살지 않았다. 그냥 모든 게 위험하곤 상관없이 저절로 돌아가는 줄 알았다. 그런데 지진이 일어나니 그게 아니었다.

학교에서 선생님은 원자력발전의 위험에 대해 이렇게 말했다.

"원자력발전소의 원자핵이 저절로 망가져 방사능이 밖으로 새면 사람을 비롯하여 동물, 나무와 땅, 심지어는 공기와 물까지 다 오염시켜 모든 걸 죽게 만들 수 있어요. 그뿐만이 아닙니다. 원자력발전은 가동을 멈춘 뒤에도 뜨거운 열과 방사능을 계속 내뿜지요. 게다가 흔적까지 남기는데, 무슨 흔적이냐 하면 원자력발전을 할 때 나온 폐기물이지요. 폐기물은 10만 년쯤 지나야 조금 안전해집니다. 끔찍하죠?"

"10만 년요?"

아이들이 놀라는 소리를 냈다. 선생님이 이야기를 계속했다.

"10만 년이 어느 정도 되는 세월일까요? 여러분도 알고 있는 원시 인간인 네안데르탈인이 지구 위에서 사라진 때가 얼추 3만 년 전입니다."

나는 '10만 년'이니 '3만 년'이니 하는 시간이 실감나지 않아 선생님께 물었다.

"10만 년 뒤에도 인간이 지구 위에서 살아요?"

"글쎄, 그건 나도 모르지요⋯."

선생님이 말꼬리를 흐렸다. 물론 선생님도 우리들과 마찬가지로 원자력발전의 위험을 몸으로 체험한 건 아니다. 그래서 실감을 못하는 건 우리나 선생님이나 마찬가지였다.

아빠는 물론 다른 아저씨들도 원자력발전소에서 근무할 때 항상 납으로 된 옷을 입고 '삐삐' 소리가 나는 방사능 계측기를 들고 다닌다. 방사능 물질이 몸에 직접 묻을까봐 그러는 건데,

계측기에선 시도 때도 없이 삐삐 소리가 울린다. 방사능 수치가 높아져 위험하다는 뜻이다. 그런데도 모두들 무심히 지낸다. 한두 번 그러는 게 아니어서 다들 무디어진 거다.

지진이 일어나자 발전소에선 대부분의 직원들을 발전소 밖으로 내보냈다. 혹시라도 발전소가 폭발할지 몰라서였다. 하지만 운영통제실의 직원들은 발전소에 끝까지 남아 계속 상황을 점검하고 나름대로 응급조치를 한 뒤에야 집에 올 수 있었다.

"불이 안 꺼져…."

아빠는 집에 돌아온 뒤에 늘 '불이 안 꺼져'라는 말을 입에 달고 살았다. 그래서 무슨 불이 되었든 불만 보면 끄려 했다.

"불 끄고 자야지…."

아빠는 전기가 끊기면서부터 쓰게 된 촛불을 끌 때도 꼭 마무리를 하듯 전등불의 스위치를 똑딱거리며 '불 끄고 자야지.' 했다. 그래서 온 식구들 모두 누구 할 것 없이 촛불이 켜져 있을 때든 끌 때든 전등불의 스위치를 자주 확인한다. 아빠는 조리를 하고 있는 휴대용 가스불도 걸핏하면 줄이거나 꺼 놓는다. 그래서 엄마랑 가끔 입씨름을 하기도 했다. 지진 때문에 도시가스관이 망가져 가스도 들어오지 않는다. 그래서 캠핑 가서나 쓰는 휴대용 가스를 조리할 때 쓰고 있다.

원자력발전소의 뜨거운 열기를 가라앉히지 못한 아빠는 집
안의 어떤 불을 봐도 애가 탔다. 아빠가 애를 태울 때마다 식구
들도 같이 애가 탄다. 특히 엄마는 아빠가 원자력발전소에 나
가보려고 안달복달할 때마다 주저앉히느라 애를 먹었다.

"그 위험한 데를 왜 가요?"

"내가 맡고 있는 일이 있어서…."

"다른 사람은 아무도 나서지 않는데 당신이 왜 나서고 그래
요?"

엄마는 아빠가 원자력발전소 걱정을 할 때마다 쐐기를 박
듯이 면박을 주었다. 그런데도 아빠는 원자력발전소 걱정이 먼
저다.

"내가 안 나서면, 누가 불을 꺼준대…."

엄마는 '불'이라는 말만 들어도 신경이 날카로워졌다.

"그놈의 불 끈다는 소리 좀 그만해요! 이 판국에도 발전소
불 끄는 걱정해요! 당장 집안의 불이나 걱정해요!"

"집안의 불? 전기도 안 들어오는데 무슨 불 걱정을?"

"당장 내일 먹을 것, 씻을 물, 입을 옷 말이에요! 변기도 물
이 없어 못 쓰니까 집안이 온통 구린내 천지예요. 우선 냄새나
나지 않게 어떻게 해봐요? 우리한텐 그런 게 더 급해요! 당장

발등에 떨어진 불이란 말예요!"

"그런 것도 다 발전소가 정상으로 돌아가야 해결된다니까! 그래서 공장에 나가보려고 하는구만."

"안 돼요! 어쨌든 지금은 안 돼요!"

엄마는 아빠가 어떻게 둘러대든 아빠를 집 밖으로 한 발짝도 나가지 못하게 했다. 그래서 나도 늘 아빠의 움직임을 지켜본다.

지진 때문에 원자력발전소의 방사능이 새어 나가 바닷물이 오염되자 물고기도 먹을 수가 없게 되었다.

"청정에너지라더니, 다 꽝이었구만! 물고기도 못 먹는 세상이 될 줄 누가 알았어!"

"물고기뿐만이 아니에요. 흙도 만지면 안 되고, 숨도 맘대로 못 쉬어요. 흙도 다 오염되어 있어요. 공기 중에 방사능 물질이 얼마나 많이 퍼져 있는 줄 아세요?"

사람들은 둘만 모여도 방사능 걱정을 하느라 입이 바빴다.

"바다 물고기도 방사능에 오염되어 있고, 땅 짐승들도 오염되어 있고, 밭 작물들도 오염되어 있다니…, 오염 안 된 게 없구만!"

"이제 먹지도 말고, 비를 맞지도 말아야 돼! 어쩌면 숨도 못

쉬게 될지 몰라!"

"숨 못 쉬면 죽는 거잖아?"

"누가 아니래…."

"우리 같이 많이 산 사람은 그래도 낫지만, 애들이 더 문제
야. 애들은 한창 자라느라 몸 속의 세포들이 마구 활동을 해 세
포 활동이 끝난 어른들보다 더 위험하다잖아."

그래서 엉뚱한 생각 같지만 나는 '아무 일 없이 어른이 될
수 있을까?'라는 생각을 가끔 하기도 한다. 이건 학교에서 원
자력 수업을 듣고 난 뒤부터 든 생각이다.

이런 상황인데도 나는 무심코 오늘 아침 식사 때 예전처럼
우유를 찾았다.

"엄마, 우유 없어?"

엄마가 얼굴을 찡그렸다.

"우유? 없는데…. 농촌에서 들어오는 우유도 다 방사능에
오염되어 더 이상 들어오지 않아서 그래. 그냥 채소랑 먹어. 이
대로 가다간 채소도 먹을 수 없을지 몰라. 방사능이 뭔지…."

엄마 역시 학교 선생님과 마찬가지로 방사능의 위험을 들
먹였다.

"방사능은 맛도 없고 냄새도 없어서 문제야. 부엌에서 쓰는

가스도 냄새 안 나고 맛 없기는 마찬가진데 일부러 구린내를 넣는대. 가스가 새면 얼른 알 수 있게 말야. 근데 방사능에는 왜 그렇게 할 수 없지. 방사능에 오염되었다고 해도 바로 상처 같은 걸로 드러나지도 않아 당장 '아얏!' 하게 되지 않는데 말야. 그래서 방사능이 무서워!"

엄미는 또 방사능은 물에 씻기지 않은 숲이나 땅에 그대로 붙어 있어서 숲속에도 함부로 들어가면 안 된다며 아예 집 밖으로 나가지 못하게 했다.

"숲에 사는 동물들도 다 방사능에 오염이 되어 있어. 게다가 숲과 땅에 내린 빗물은 강을 따라 결국 바다로 가잖아. 그래서 원자력발전소에서 멀리 떨어진 바다의 고기도 다 방사능에 오염이 되어 먹으면 안 돼."

앞으론 생선도 먹으면 안 된단다. 당장 먹을 생선도 없지만….

나만이 아니라 아빠도 엄마의 감시가 심해 집안에서만 서성이며 밖에 나가지 못했다. 그런 아빠를 보다 못해 엄마가 한소리 했다.

"이럴 땐 설치지 말고 가만히 있어야 돼요. 그런다고 아무도 뭐라 하지 않아요. 천재지변이잖아요. 어쩔 수 없는 일이잖아요. 당신 혼자 나댄다고 원자력 불이 꺼져요? 제발 가만히 있어요!"

물론 아빠는 엄마의 말이 달갑지 않다.

"그래도 어떻게 그래? 내가 맡은 일이 있는데. 나가서 한번 살펴봐야겠어."

"발전소에서도 아직 아무런 연락이 없잖아요. 제발 미리 나서지 말아요!"

엄마가 걱정스레 하는 말이라 아빠도 듣지 않을 수 없었다. 그럼에도 시간이 지날수록 아빠는 자신이 책임지고 있는 원자력발전소 기기들이 걱정되었다. 걱정은 태산 같지만 정작 이런 때 어떻게 손을 써야 할지 몰라 마냥 회사의 지시만 기다리며 집에 있을 수밖에 없었다.

방사능이 점점 더 새어 나가 우리 마을에서 멀리 떨어진 수도에서까지 방사능 물질이 검출되기 시작한 모양이었다. 들리는 소문에 따르면 그곳 사람들은 더 난리라고 했다.

"아니, 원자력발전소 관리를 어떻게 했기에 방사능 물질이 수백 킬로미터 떨어진 수도에까지 날아온단 말이오?"

"그럴 줄 몰랐소? 예전에 체르노빌인가 지랄노빌인가 하는 데서 일어난 원자력발전소 사고 때도 수백 킬로미터 떨어진 땅까지 다 죽음의 땅으로 만들었다 하지 않소."

"그놈의 지랄노빌은 들먹이지도 마시오. 사고 난 지 수십 년이 지났는데도 아직도 제자리로 돌아가지 못하고 있다지 않소. 다 지랄이야!"

"그러게 누가 원자력발전소 짓자고 했나…. 다들 괜찮다고 떠들더니, 막상 사고 나니 책임지는 놈 하나도 없으니, 에이 퉤! 진짜 지랄이야!"

아빠는 그런 소리가 들릴 때마다 더 괴로워했다.

"아, 그동안 그래도 원자력발전소 때문에 일을 해서 가족들이 먹고 살았는데…, 나라도 나가서 어떻게 해봐야 돼!"

나는 어른들이 지랄노빌이라고 하는 체르노빌의 원자력 발전소 사고에 대해 별로 아는 게 없다. 다만 언젠가 원자력 수업 시간에 죽음의 땅으로 변한 그 도시의 한 유치원에서 찍었다는 사진을 본 적은 있다.

수십 년 동안 유치원은 시간이 멈춰 있었다. 아이들이 보던 책과 신었던 신발도 먼지를 잔뜩 뒤집어 쓴 채 그 자리에 그대로 있었다. 아무도 건들지 않았다.

"뭐야? 다 '얼음 땡'이잖아!"

모든 게 그대로 그 자리에 '얼음 땡' 하듯이 멈춰 있었다. 그래서 지금보다 더 어렸을 땐, 원자력 발전소에 사고가 나면 모든 게 가만히 멈춰야 하는 알았다.

아빠가 고민을 잔뜩 하고 있는 사이 회사에서 사람이 왔다. 원자로에서 더 이상 핵분열이 일어나지 않게 해야 하고, 더불어 방사능이 새지 않게 발전소 내부의 기기들을 점검해야 한다는 것이었다. 그런데 아무도 자발적으로 나서지를 않아 직원들을 강제로 불러들이게 되었단다. 아빠는 그런 날이 오기를 기다리기나 했던 것처럼 바로 출근을 서둘렀다. 엄마도 회사에서 결정한 일이라 막지는 못하고 걱정스런 표정으로 아빠의 출근 준비를 거들었다.

"절대로 위험한 곳에 가면 안돼요. 알았죠?"

"그래. 당신 걱정이 무엇인지 알아. 눈을 감아도 훤히 알 수 있는 곳이야. 가서 내가 조치하면 더 이상 위험하지 않을 거야."

아빠는 오랜만에 의기양양한 모습을 보이며 출근을 서둘렀다.

"아빠가 가서 원자력발전소 불 끄고 올 테니까, 걱정 말고 있어. 불 끄고 나서 자야 잠도 잘 오지 않겠어!"

아빠는 나와 동생의 이마에 입을 한 번씩 맞추며 '불 끄고'

온다며 걱정 말라고 했다.

회사에 도착한 아빠는 다른 아저씨들과 함께 납으로 된 앞치마를 둘러 입고 삽을 들었다.

누군가가 투덜댔다.

"이런 일은 원래 로봇이 했잖아!"

로봇도 방사능이 무서운지 작동하지 않았다. 그래서 사람이 대신 로봇이 되어 방사능에 오염된 물질을 퍼내야 했다.

"이 상황에 로봇만 바라보고 있을 수 없잖아."

아빠가 다른 아저씨를 다독거렸다.

공장 안엔 방사능 노출량이 보통 때의 수십 배라 위험하기 짝이 없었다.

"우선 원자로를 식힐 물이 잘 들어가는가부터 살펴보자구!"

아빠는 다른 아저씨들과 함께 원자로 안에 물을 공급하기 시작했다. 그런데도 원자로가 잘 식지 않았다. 그때 누군가가 의견을 냈다.

"지금 원자로 출력을 낮춰 빨리 식히려면 아무래도 비상 정지 스위치를 눌러야 될 것 같아."

다들 고개를 끄덕였다. 한 아저씨가 비상 스위치를 눌렀다. 그때였다. 만화 영화에서나 보던 일이 실제로 벌어졌다. 갑자기

불꽃이 하늘 높이 치솟아 오르고, 버섯구름이 하늘을 덮었다.

"앗!"

"아니, 이럴 수가?"

원자로의 출력을 갑자기 낮추자 뜻하지 않게 핵분열이 더 빨라져 원자로가 폭발한 것이다. 자동차의 브레이크를 갑작스레 밟으면 자동차가 순간적으로 더 많은 힘을 받아 앞으로 세차게 쏠리는 것처럼 말이다.

"최악이야! 최악!"

아빠를 비롯해 많은 아저씨들이 불에 데고 다쳤지만 워낙 당황해 아픈지도 몰랐다. 방사능 계측기는 삐삐 소리를 내다말고 이미 지쳐 더 이상 소리도 내지 않았다.

원자로가 폭발할 때 원자력발전소 안에 있던 이는 모두 방사능에 오염된 건 보나마나겠지만 냄새도 맛도 없는 방사능이라 우선은 현장을 피하는 것으로 위기를 벗어난 것으로 생각했다.

"일단 밖으로 나가자구!"

모두들 원자로 폭발 현장에서 뛰쳐나왔다.

"켁, 켁….."

다들 숨 쉬는 게 어려워지고, 몸에도 울긋불긋한 얼룩 같은 반점이 생기기 시작했다.

"어? 살갗이 왜 이래?"

그러나 워낙 방사능이 많이 퍼져 있어 원자력발전소의 높은 사람이고 신문이나 방송의 기자들이고 아무도 원자력발전소 안을 들여다보려 하지 않았다. 다른 도시의 신문이나 방송에선 사고 원자력발전소에 전문 기술자들이 투입되어 점차 안정을 찾고 있다는 보도가 나가고 있다고 했다.

"원자력발전소에 전문가가 투입되어 차츰 안정을 찾고 있습니다."

그것도 앵무새처럼 같은 말이 계속 되풀이되고 있다고 했다. 사실이라면 엉뚱하기 짝이 없는 일이었다.

그 보도를 보거나 들은 전국의 사람들은 다시 일상의 삶에 빠져들어 갔다. 그러나 아빠는 다시 집에 오지 못하고 가까스로 연결된 임시 전화를 통해, 회사에서 그동안 일어난 일과 지금의 상태를 전해왔다.

"온몸에 방사능 물질이 달라붙어 있어 당분간 집에 못 갈 것 같아. 몸도 다시 예전처럼 될 수 있을지…. 내 목숨이 다할 때까지 여기서 불을 꺼야지…. 내가 불을 꺼야 모두들 편히 잘 수 있지 않겠어?"

아빠는 당분간 집에 못 오는 게 아니라 어쩌면 영원히 못 올지도 모른다. 바깥 사람과 접촉하는 순간 바로 방사능 물질을 퍼뜨리게 되기 때문이다. 아빠 몸이 방사능 오염 물질이 되어 버린 것이다.

엄마는 아빠 전화를 받자 울부짖었다. 아빠는 엄마를 달래지 못하고 같은 말만 되풀이했다.

"내가 불을 꺼야 모두들 편히 잠을 잘 수 있지 않겠어?"

학스앵

희명 스님, 아니 은사 스님이 입적했다는 것을 알았다.

감나무 이파리가 늦가을 바람에 아픈 소리를 내며 절 뒷마당에 굴러다니고, 노란 유자들이 주렁주렁 달린 고목 유자나무 위로 서늘한 가을 하늘이 파랗게 걸려 있던 날이었다. 절 뒷방 툇마루에 잠깐 나와 앉아 있을 때, 주소 띠지도 뜯지 않은 불교신문이 있기에 무심코 신문을 펼쳤더니 희명 스님의 입적 소식을 전한 기사가 있었다. 벌써 보름이나 지난 뒤였다, 스님이 세상 인연을 버린 지.

뉘라서 정체도 알 수 없는 젊은 객승이 앓아 누워 있는 골방에 그런 소식을 알뜰히 챙겨서 넣어주겠는가? 그렇다 보니 스님의 다비식까지 이미 끝난 뒤에야 입적 소식을 알게 된 것이다.

뜻밖에도 별다른 감흥이 일지 않았다. 귀때기에 피도 채 마르기 전인 열네 살 되던 해 봄, 그 봄에 걸승 차림으로 집에 들른 희명 스님의 손에 이끌려 산문에 들어선 나. 그런데도, 스님의 입적 소식을 듣고 나서도 별다른 감흥이 일어나지 않았던 것이다.

그러니까, 국민학교 졸업 무렵부터 희명 스님은 내 등 뒤에 꼭 붙어 있는 그림자처럼, 낡은 사진의 배경이 되는 바위언덕처럼 버티고 있었던 것이다.

희명 스님은 나에게 아버지요, 할아버지였다. 국민학교를 갓 졸업하던 해에 나를 데려다가 밥 먹여주고 학교까지 다니게 해주었으니 내겐 단순히 은사 스님 그 이상의 존재였던 것이다. 희명 스님은 어려서부터 나를 거두어주고 강원에까지 가서 공부하게 뒤를 돌보아주었다. 그런데도 희명 스님은 내게 또 넘어야 할 산이었고, 부수어야 할 얼음 덩어리였으며 탈옥해야 할 감옥을 지키는 간수 같은 존재이기도 했다.

'저 스님만 아니면, 저 스님만 안 계시다면….'

하루에도 몇 번씩 그 말을 머릿속에서 되새기며 가끔은 법당에서 목탁이 무슨 원수나 되듯이 사정없이 두들겨댔다. 마치

목탁이 희명 스님의 벗겨진 알머리통이나 되는 듯이.

"스님, 나 뭐할라고 데려갑니까?"

"공부 시켜 사람 만들려고 데려간다."

"공부요? 중학교 입학식은 다 끝나부렀는디요. 그라고 내가 지금 사람 아니고 뭐 개나 돼진가요, 사람 만들게……."

"허허, 고 녀석 말하는 본새치곤…. 사람 거죽만 뒤집어쓰고 있으면 다 사람이냐? 사람 노릇을 해야 사람이제."

"…."

그때부터 길바닥의 자갈이 발바닥에 뾰족뾰족 밟히는 것을 아무 느낌 없이 받아들이며 묵묵히 스님의 발뒤꿈치를 내려다보며 따라 걷기만 했다. 가느다란 산길이 나올 때까지 스님과 나는 아무 말도 나누지 않았다.

산에 올랐다. 길이 좁고 이리저리 엉킨 나뭇가지가 얼굴을 할퀴기도 했다. 스님은 앞장서 나가면서 나뭇가지를 잡았다가 내가 지나가면 놓곤 했다.

아버지가 살아계실 때까지는 먹고 사는 문제가 심각하지는 않았다. 끼니 때마다 매번 고기 반찬은 못 먹었지만 한 달에 두어 번 중국집에서 짜장면 정도는 사먹을 정도의 외식은 할 수 있었다.

아버지는 첫물로 거둔 딸기를 팔기 위해 인근 도시로 딸기 손수레를 끌고 갔다가 엉뚱하게도 실종되고 말았다. 그때 그 도시는 군인들이 점령하고 있었다. 아버지는 남들처럼 벼농사만 지어가지고는 살림살이가 나아지지 않을 것이라는 것을 일찌감치 깨닫고 딸기 농사를 지었다. 딸기를 수확하면 손수레에 직접 싣고 도시로 나가 팔았다. 내가 국민학교에 들어가기 전부터 그랬다고 하니까 꽤 오랜 세월을 그렇게 산 것이다. 그런데 작년 봄에는 딸기 팔러 나갔다가 집에 돌아오지 못했다. 도시를 군인들이 점령하여 사람들을 마구 죽였다는 흉흉한 소문이 돌 때였다. 어머니는 도시에서 들려오는 흉흉한 소문이 께름칙하여 아버지가 안 나갔으면 했다.

"시방 거그가 난리판인 모양인께 돌아가는 것 보고 하루 이틀 더 있다가 나갔으믄 좋겄는디…."

"우리 같은 사람헌테야 뭔 일 있겄어? 데모하는 젊은 대학생들 잡을라고 그라겄제."

"대학생들만 잡는다고 안 허드만…."

"너무 염려 마시게. 첫물인께 금방 팔릴 것인께 얼른 팔고 오믄 되제."

"하여튼 조심하쇼잉!"

아버지는 어머니의 걱정을 뒤로 하고 딸기 손수레를 끌고 집을 나섰다. 그런데 그게 아버지의 마지막 모습이었다. 아버지는 집에 돌아오지 못했다. 그날 이후 어디로 어떻게 사라져 버렸는지 모른다. 1년이 지나도 아버지는 돌아오지 않았다. 어머니가 온갖 군데에 수소문을 해봐도 아버지 있는 곳을 알 수 없었다. 아무래도 아버지는 저 세상으로 간 듯했다.

그때부터 집안 꼴이 말이 아니게 되어버렸다. 어머니가 남의 집 농삿일을 거드는 품팔이를 하였지만 역부족이었다. 나는 중학교 진학하는 것도 포기해야 했다. 입에 풀칠하기도 힘든데 학교가 무슨 대수냐 싶었다. 국민학교 저학년인 여동생만 겨우 학교를 다녔다. 그때 우리집 사정이 구지암(九地庵)의 희명 스님한테 전해진 모양이었다. 희명 스님은 돌아가신 할머니가 다니던 절의 주지였다. 절이라 하지만 큰 절인 도순사(道順寺)에 딸린 조그마한 암자이다.

구지암에 도착했다. 중늙은이 아저씨가 희명 스님을 맞으며 합장을 했다.

"이 애가 그 애인가요?"

희명 스님이 합장을 하며 대답했다.

"예. 우리 절에서 살 인연인 모양입니다."

두 사람은 나를 두고 이런저런 얘기를 나누었다. 이미 나에 대해 많이 알고 있는 듯했다. 나는 그러든 말든 그런 거보다는 일단 밥이나 주면 좋겠다는 생각을 했다. 집 나서기 전 이른 점심을 먹긴 했지만 산길을 걸으면서 이미 소화가 다 되어버려 시장기가 몰려왔다. 이런 내 사정을 아는 듯이 아저씨가 나섰다.

"시장하실 텐데 공양부터 하시지요."

'공양'이니 어쩌니 하는 말은 모르겠고, '시장'이니 어쩌니 하는 말이 귀에 꽂혔다. 나는 희명 스님이 이끄는 대로 한 건물의 방으로 들어갔다. 밥상이 놓여 있었다.

"배 고프쟈? 밥 먹자."

희명 스님이 상 앞에 앉았다. 나도 따라 앉았다. 반찬은 거무튀튀하게 묵어빠진 배추 김치에 시래기 국뿐이었지만 달게 비웠다. 희명 스님이 내 밥그릇에 자신의 밥을 덜어주었다.

"더 먹어라. 너만 할 땐 숟가락 놓고 돌아서믄 바로 배가 또 고플 것인께!"

나는 사양하지 않고 희명 스님이 덜어준 밥까지 싹싹 비웠다. 여기서 살면 적어도 배는 안 곯겠구나 하는 생각이 들었다.

"숭늉 가져올까요?"

부엌 쪽으로 난 문이 열리며 긴 머리를 한 여자가 고개를 들이밀었다.

"그러렴!"

희명 스님이 짧게 대답을 했다. 이어 긴 머리 여자가 숭늉이 든 양푼을 가지고 방으로 들어와 희명 스님 곁에 놓았다. 희명 스님이 양푼을 들어 내 밥그릇에 숭늉을 따라 준 뒤 자신은 양푼째 들고 마셨다. 나는 밥그릇을 들어 숭늉을 마신 뒤 꺼억하며 트림을 했다.

"밥 먹고 숭늉을 마시면 소화가 잘 된단다."

희명 스님이 내 트림 소리를 듣고서 한말씀하셨다.

"이 보살 거그 앉어 보아라."

희명 스님이 이 보살이라고 한 긴 머리 여자가 자리에 앉았다. 나는 힐끗 긴 머리 여자를 쳐다보았다.

"얘가 웅식이다. 이 보살보다 열 살은 어릴 것이니까 앞으로 동생처럼 잘 보살펴주어라."

나보다 열 살은 더 먹었다는 이 보살이 고개를 끄덕이며 입가에 미소를 지었다. 순간, 보조개가 부드럽게 파였다.

이 보살 누나와 윤 처사라 부르는 중늙은이 아저씨, 그리고 희명 스님과 함께하는 암자 생활이 시작되었다.

이 보살 누나와 윤 처사 아저씨는 절 살림을 했고, 희명 스님은 법당에서 목탁을 치거나 밖에 나가는 게 주로 하는 일이었다. 나는 하릴없이 암자 뒷산으로 쏘다니거나 아래 큰 절 도순사에 다녀오곤 하는 게 일과였다. 도순사에 가면 젊은 스님들이 구지암의 이 보살 누나 안부를 물으며 초콜릿이나 사탕을 주는 게 좋았다. 나는 사탕 얻어먹는 재미에 30분 거리인 도순사를 자주 갔다. 이 보살 누나에 대해 말해 줄 것이라곤 머리를 길게 풀었느냐, 땋았느냐, 머리에서 샴푸 냄새가 나느냐 비누 냄새가 나느냐, 치마를 입었느냐. 승복 색깔 '몸뻬'를 입었느냐 하는 것뿐이었지만 도순사의 젊은 스님들은 그런 정보만 전해주어도 아주 좋아하였다. 그래서 심심할 때마다 나는 도순사에 갔지만 아무도 윤 처사의 안부는 묻지 않았다. 사실을 말하자면 나는 같은 방에서 자는 윤 처사에 대해 아는 게 더 많다. 잠이 든 뒤 얼마 있다가 코를 고는지, 무슨 노래를 잘 부르는지, 장작을 어떻게 패는지 등…. 그러나 누구도 윤 처사에 대해선 궁금해하지 않았다. 물론 희명 스님에 대해서도 궁금해하지 않는 건 마찬가지였다.

나는 희명 스님이 궁금했다. 며칠씩 두문불출하며 아침 저녁으로 법당에서 목탁을 두드리며 염불을 하기도 하지만 한번 밖에 나가면 여러 날 걸렸다. 무엇하러 밖에 나갈까? 아무래도 희명 스님도 나처럼 심심한 모양이다. 내가 심심할 때마다 도 순사에 다녀오거나 뒷산을 쏘다니고 있듯이.

희명 스님은 밖에 나가든 암자에 있든 내가 하는 모든 행동 을 들여다보듯 알고 있는 듯했다. 하루는 스님이 안 계실 때 법 당에 들어가 희명 스님 염불 흉내를 냈다. 불상 앞에 턱 앉아 목탁을 손에 쥐고선 염불하는 흉내를 내보았다. 그러나 읊을 수 있는 경이 하나도 없었다. 그래서 불상 앞에 놓인 과일들을 보고 말을 만들어보았다.

"대~추~곶~감~꼼~짝~마~라~날~만~새~면~내~것~이 ~다~."

같은 말을 길게 빼면서 중간 중간 목탁을 따그르르 하고 한 번씩 치니 그럴싸했다. 희명 스님이 염불을 하는 것과 별반 다 르지 않게 느껴졌다. 심심하던 차에 좋은 놀이거리를 찾아낸 것 같아 뿌듯했다. 한참 그렇게 염불 놀이에 빠져 있는데 뒤통 수가 근질거렸다. 돌아보니 희명 스님이 법당 문 곁에 서 있었 다. 나는 얼어붙듯 모든 동작을 멈췄다.

"아따, 응식이 목청 좋구나!"

희명 스님은 꾸지람 대신 얼굴 가득 웃음을 지어보였다. 나는 머쓱해서 목탁을 한번 쳤다. 갑자기 커진 목탁 소리가 법당 안을 채웠다.

"목탁 치는 법은 차차 저절로 알게 될 것인께, 우선은 학교 가서 공부를 쪼깐 더 해야 쓰겄다."

희명 스님은 요 며칠 새 나를 학교에 보내려고 여기저기를 들쑤시고 다닌 모양이다.

"여그서 삼시롱 면소(면소재지)에 있는 학교를 댕겨라. 고등학교까지 나오믄 그 담엔 강원 가서 공부하믄 된께!"

해가 바뀌어 새 학기가 되자 면소에 있는 중학교를 다니기 시작했다. 하지만 공부는 뒷전이었다. 학교에 가면 심심하지 않아 좋았다. 또, 아침마다 이 보살 누나가 싸 주는 도시락을 점심 때 까먹는 것도 좋았다. 이 보살 누나는 절에서 먹는 아침이나 저녁과는 달리 내 점심을 특별히 더 신경 써주었다. 윤 처사 아저씨가 장을 보러 가는 날엔 일부러 내 도시락 반찬으로 쓸 음식재료를 부탁하기도 했다.

나는 집의 어머니나 여동생은 떠올릴 새도 없이 절 생활에 점점 빠져들었다. 이 보살 누나는 살가워 좋았고, 윤 처사 아저씨도 푸근해서 좋았다. 그렇지만 희명 스님은 좋다가 싫다가 했다. 나를 위해주는 것 같기도 한데 어떨 때는 눈물이 쏙 빠지게 혼을 내기도 했다. 그럴 때는 절 생활 다 집어치우고 뛰쳐나가고 싶지만 이 보살 누나 때문에 참았다. 그 무렵, 참을 인(忍) 자 세 개면 살인도 면한다는 말을 알게 되었다. 그래서 오로지 참고, 또 참을 뿐이었다.

하루는 학교에서 돌아오니 살림집 부엌 쪽 툇마루에 이 보살 누나가 앉아 어떤 나물을 다듬고 있었다.

"보살 누나, 무슨 나물이야?"

"응, 머윗대 껍질 벗기는 중이야."

"그것 다 벗겨야 돼?"

"껍질 안 벗기면 질겨서 못 먹어."

그 순간 지네 한 마리가 이 보살 누나의 팔뚝을 기어가고 있었다. 나는 머윗대 하나를 집어 지네를 뜰 아래로 걷어냈다. 이어 땅바닥에 패대기쳐진 지네를 발로 꾹꾹 밟아 뭉갰다. 바로 그때 희명 스님이 출타했다가 돌아오느라 절 마당에 들어섰다.

"응식아, 무엇 때문에 그러냐?"

"지네요! 이 지네한테 하마터면 보살 누나가 물릴 뻔했어요!"

"그렇다고 해도 죽일 건 없제."

"안 죽이믄 또 기어올 텐디 그러믄 어떡해요?"

"그려도 죽일 건 없잖아. 저 마당 한 구석 풀 속에다 던져 버리믄 되잖아."

나는 이런 건 보이는 죽죽 죽여버려야 한다고 했고, 희명 스님은 생명 있는 것은 무엇이든 죽여선 안 된다고 했다. 그러면서 나보고 법당에 가서 절을 108번 하며 절을 하는 동안 '생명 있는 것을 다시는 해치지 않겠습니다.'를 외치라고 했다. 절에 사는 사람은 무엇보다도 생명을 귀중히 여겨야 한다면서 오래도록 나무랐다.

"지네가 보살 누나를 물까봐 그랬단 말이에요!"

내가 아무리 변명을 해도 희명 스님은 생명 있는 것을 죽이는 살생을 하면 안 된다고 한참 동안 우겼다. 희명 스님한텐 이 보살 누나보다 지네가 더 소중한 것만 같았다. 나를 혼내는 것 보면 나보다도 지네가 더 소중한지도…. 그 일이 있고 나서부턴 스님이 마뜩찮을 때마다 법당에 들어가 목탁을 사정없이 두들겨 팼다. 속으로는 '스님 미워! 스님 미워!' 하면서.

학교에서 아이들은 나를 절에서 학교에 다니니까 '학승'이라며 놀린다. 어떤 친구는 한 술 더 떠 학승과 학생을 합쳐 '학스앵'이라며 놀렸다.

절 집 사람들은 살생하지 않는다고 개미 새끼도 죽이지 않기에 고기도 먹지 않는다며 내 도시락 반찬을 갖고 놀리기도 했다. 목장의 점심은 응식이의 도시락 반찬 같아야 한다면서 멸치 한 마리라도 있으면 안 되고 온통 나물반찬만으로 채워져야 한단다. 그런 놀림에도 꿋꿋했던 건 아침마다 도시락을 싸 주는 이 보살 누나를 생각하면 기운이 났기 때문이다. 그런 이 보살 누나 팔뚝에 지네가 기어갔으니 내가 참을 수 있었겠는가. 그런 속도 모르고 희명 스님은 지네를 죽였다고 나무라기만 했으니….

법당 건물 추녀 끝에서 여름비 떨어지는 소리가 요란한 밤이었다. 절 마당 한구석에선 비에 젖은 달맞이꽃 꽃잎이 땅 위에 떨어지고 있었다.

중3 여름 방학을 맞아 학교 갈 일이 없어 밤 늦게까지 잠을 자지 않고 만화책을 보다가 오줌이 마려워 밖으로 나갔다. 법당 쪽에서 불빛이 새어 나와 비를 피해 뜰 안쪽으로만 붙다시피 해서 법당 쪽으로 가봤다. 뜻밖에 이 보살 누나가 불상 앞에 앉아 있었다.

이 보살 누나는 예불시간이 아니어도 틈만 나면 법당에 엎드려 기도를 올렸다. 가만히 귀를 기울여 보니 법당 안에선 불빛과 함께 울음소리도 같이 새나왔다. 나는 조심스레 법당 문을 조금 열고 안을 들여다보았다. 이 보살 누나가 불상을 향해 반듯이 꿇어앉은 채 손을 가슴께에 모으고 있었다. 그런데 어깨를 들썩거리며 울고 있었다. 모르긴 몰라도 법당 마루 바닥엔 이 보살 누나의 눈물이 떨어지고 있으리라.

이 보살 누나가 합장을 한 채 기도하는 자세로 앉아 우는 모습에서 잠시 알 수 없는 묘한 느낌을 받았다. 나는 이 보살 누나가 눈치 채지 못하게 곧바로 법당 앞을 물러 나와 윤 처사 아저씨가 코를 골고 있는 방의 문턱에 걸터앉았다.

추녀 끝에서 떨어지는 빗소리와 이 보살 누나의 흐느낌 소리, 아니 흐느낌 소리보다 더 커다랗게 들리는 듯한 눈물 떨어지는 소리. 나는 오랫동안 방문턱에 걸터앉아 그 소리들을 들으며 여러 생각에 빠져들었다.

아침에 일어나니 비는 그쳤지만 절 마당 한구석에 있는 달맞이꽃의 꽃잎이 모두 떨어져 있었다. 어젯밤, 이 보살 누나의 눈물이 떨어질 때 꽃잎도 같이 떨어졌던 모양이었다.

그날 이후 난 이 보살 누나를 보면 달맞이꽃이 떠올랐고, 또 달맞이꽃을 보면 이 보살 누나가 떠올랐다. 낮에는 다소곳이 몸을 사리고 있다가 해가 지면 그때부터 활짝 피는 달맞이꽃, 그 꽃잎이 비바람에 떨어졌다. 그리고 그 꽃잎이 떨어질 때 이 보살 누나의 눈물도 같이 떨어졌다.

이 보살 누나는 그 후 정식으로 출가자의 길을 걷기 위해 경상도 청도에 있는 비구니 절로 공부하러 떠났다. 이 보살 누나의 떠남과 동시에 법당 마루 바닥에 떨어진 눈물도 이내 곧 흔적 없이 지워졌다. 그러나 내 가슴엔 그 밤에 떨어지던 빗소리와 꽃잎 소리, 그 소리들이 이 보살 누나의 눈물 떨어지던 소리와 함께 아직도 남아 있다.

이 보살 누나가 출가자의 길을 가기 위해 구지암을 떠난 뒤부터는 윤 처사 아저씨가 음식 준비도 하게 되었다. 세 식구밖에 살지 않지만 매 끼니를 준비하는 일이 만만치 않았다. 나는 원래 입이 까다롭지 않아 뭐든 잘 먹지만 희명 스님은 가리는 게 많았다. 그러기에 요구 사항도 상당히 까다로웠다. 그러나 윤 처사 아저씨는 희명 스님이 뭐라 하든 한 번 쓱 웃고 말면 그만이었다.

장작 더미는 네모 반듯하게 네 귀를 맞추어 쌓아라, 쌀 한 톨이라도 흘리지 않도록 조심해라, 부엌 바닥은 음식이 떨어져도 집어 먹을 수 있게 개끗이 해라, 반찬을 많이 하지 말고 국 하나만 있으면 밥 한 그릇 비우게 하라 등등 이 보살 누나가 있을 때하곤 달리 세세하게 지적하는 게 많았다. 희명 스님 말씀이 옳긴 하지만 나는 숨이 막혔다.

'으짜든지 고등학교 졸업 날 때까지만 참자.'

고등학교만 졸업하면 나도 구지암을 벗어날 수 있으리라 생각했다.

고등학교에 진학한 뒤론 도시락으론 밥만 싸 갔다. 반찬은 친구들 것을 같이 먹었다. 고등학교도 중학교와 같은 울타리에 있고, 중학교 동창들이 대부분 그대로 진학하였다. 게다가 절에서 다니는 줄 다 알기에 밥만 싸가도 다들 이해했다. 이제는 학스앵이라는 호칭도 아주 자연스럽게 되었다. 학승인 학생! 아이들은 절에만 살아도 학승이 된다고 생각했다. 그러나 도순사 젊은 스님들 말에 따르면 진짜 학승은 강원이 있는 절에 가서 불교를 학문적으로 제대로 공부하는 스님이란다. 나도 이제 그 정도는 아는 절집 사람이 되었다. 이 보살 누나도 불교를 제대로 공부하기 위해, 어쩌면 '학승'이 되기 위해 구지암을 떠났을 것이다.

"이 보살도 학승 자격을 따면 구지암으로 다시 돌아올 거야."

도순사 젊은 스님들은 서로 쳐다보며 그런 말을 나누었다. 그러나 나는 그 말이 상당히 알쏭달쏭했다.

'이 보살 누나가 학승 자격 따면 구지암으로 다시 돌아온다고?'

신음 소리 같기도 하고, 흥얼거리는 소리 같기도 한 것이 눈을 뜨게 했다. 윤 처사 아저씨가 자다 말고 일어나 수첩을 뒤적거리며 이상한 소리를 내고 있었다.

"처사 아저씨, 벌써 일어나셨어요?"

"나 땜시 깼구나. 날 밝을라믄 아직 멀었은께 더 자그라."

윤 처사 아저씨가 더 자라고 손을 내저었다. 나는 일어난 김에 오줌을 누러 밖으로 나왔다. 화장실은 마당을 가로질러가야 한다. 그래서 오줌은 곧잘 마당 구석 풀 우거진 곳에 싸고 만다. 서둘러 오줌을 누고 방으로 들어갔지만 윤 처사 아저씨는 여전히 수첩을 뒤적이고 있었다.

"무슨 특별한 날을 찾고 있다요?"

"아녀. 날마다 그날이 그날이제 특별한 날이 어디 있겄어?"

윤 처사 아저씨는 말은 그렇게 했지만 수첩에서 계속 눈을 떼지 않았다.

"군대 가서 훈련 받는다고 1주일 만에 옷이 왔고, 음, 한 달 있다가 자대 배치 받았다고 편지가 왔는디…."

윤 처사 아저씨는 거기까지 말을 하고 더 잇지를 못했다. 나는 윤 처사 아저씨의 눈치를 살폈다.

'무슨 말을 하려고 그러나?'

"음, 부대로 급히 오라고 한 날이…. 그라고 가서 본께 이미…."

나는 누워 있다 말고 자리에서 벌떡 일어나 앉았다.

"그래갖고 무슨 일 있었어요?"

"응, 아이가 군대 가서 죽었어."

윤 처사 아저씨는 아이가 군대 가서 죽었다는 말을 덤덤히 내뱉고 말았다. 도리어 내가 충격을 받았다.

"왜? 왜요? 뭣 땜시요?"

"데모했다고 군대로 끌려갔거든."

그 말을 듣는 순간 아버지가 떠올랐다. 아버지는 데모도 안 했을 텐데 딸기 팔러 나갔다가 사라지고 말았다. 아버지는 죽었을까? 그럼 아버지 시신은? 그런데 아버지 시신조차 찾지 못했다. 딸기를 팔기 위해 끌고 나간 손수레만 발견되었을 뿐이다.

"웅식이 니는 아버지를 잃고, 나는 아들을 잃고…."

윤 처사 아저씨가 노래를 읊조렸다. 처음 듣는 노래였다.

부용산 산허리에

잔디만 푸르러 푸르러

솔밭 사이 사이로 회오리 바람 타고

간다는 말 한마디 없이

너만 가고 말았구나

피어나지 못한 채

붉은 장미는 시들었구나

부용산 산허리에

하늘만 푸르러 푸르러

— 부용산(박기동 작사, 안성현 작곡)

"뭔 노래다요?"

"응, 옛날 노래여. 부용산이라구."

"아까부터 계속 웅얼거린 것이 이 노래였던 모양이지라?"

"그랬는지 모르제. 아들놈이 생각 나믄 나도 모르게 부용산 노래를 웅얼거리게 된께…."

윤 처사 아저씨는 아들이 군대에서 죽자 세상 살 맛을 잃어버려 이 절 저 절을 찾아다니며 한철씩 살다가 구지암에 들어온 뒤론 아예 눌러 앉았다고 한다.

"도순사에서 허드렛일을 하믄서 밥 얻어묵고 있는데, 희명 스님을 우연히 만나 구지암까지 와서 빌붙어 살게 되었제."

"그때 구지암엔 희명 스님 혼자 살고 있었던 모양이지라?"

"아니, 이 보살이 공양주 노릇함시롱 있었어. 막 고등학교를 나왔디야. 희명 스님 말씀으론 강원으로 공부하러 갈 때까정 밥 해주기로 했디야. 이 보살도 응식이처럼 구지암에서 학교를 댕겼는갑서."

희명 스님 덕분에 이 보살 누나도 밥 안 굶고 학교도 다닐 수 있게 되었구나 싶었다. 희명 스님은 걸핏하면 내게 다짐을 두었다. 이 보살 누나에게도 그랬는지 모르지만….

"응식이 너는 부처님 가피로 절에서 학교까지 다닌께 나중에 반드시 훌륭한 스님이 되어야 헌다. 알았제?"

중학교 다닐 땐 희명 스님이 하시는 말씀이 고맙고 당연하게 느껴졌지만, 고등학생이 된 뒤론 차츰 부담이 되었다. 때론 부담 정도가 아니라 되레 엇나가고 싶었다.

"치, 누가 날 데려다가 절에서 학교 보내래. 거지가 되든 깡패가 되든 내버려두었으면 좋잖아. 이게 뭐야. 아무리 깝치고 날쳐도 나는 결국 부처님 손바닥 안에 있는 신세 아냐. 벌써 중이 되기로 정해져 있는 신세잖아!"

나는 고등학교만 졸업하면 어떻게든 희명 스님을 떠나리라 다짐했다. 고등학교 졸업장만 있으면 뭘 하든지 할 것만 같았다. 그래서 고등학교 졸업할 때까진 꾹 참고 구지암에서 잘 지내기로 다짐하고 또 다짐했다.

마침내 고등학교를 졸업했다. 고등학교를 마칠 때까진 참고, 참고, 또 참으며 구지암 생활을 잘 하려고 마음 먹은 게 나만의 속내가 아니었던 모양이다. 고등학교 졸업식 뒷날 희명 스님이 나를 불렀다.

"이제 고등학교를 마쳤은께 큰 데 가서 제대로 불교 공부를 하고 오니라."

"불교 공부라고라?"

그렇게 되묻기는 했지만 나는 속으로 쾌재를 불렀다. 그러잖아도 구지암을 벗어나고 싶었는데 희명 스님이 먼저 떠나라고 하는 것이었다. 불교 공부를 하러 가든 사회 생활을 하러 가든 일단 희명 스님이 없는 곳으로만 가면 좋겠다는 생각을 얼마나 했던가.

"강원에 가서 공부하믄 진짜 학생이 되고 학승이 된단다!"

희명 스님은 내 고등학교 졸업을 기념하는 뜻으로 절 식구 모두 면소에 가서 외식을 하자고 했다. 그래서 윤 처사 아저씨와 나는 희명 스님을 따라 면소의 한 식당으로 갔다. 냉면과 불고기를 파는 식당이었다.

"이 집 냉면이 맛있어! 밖에 나갔다 올 때 늘 여그서 저녁을 먹었제."

살생을 끔직이 싫어하는 희명 스님이기에 고기는 시키지 않으리라고 미리 짐작을 했다. 식당 아주머니가 주문을 받으러 오자 희명 스님은 우리 보고 뭘 먹겠느냐고 묻지도 않고 일방적으로 먹을 것을 정해 주문을 했다.

"여그 엎어말아국수 삼인분!"

'엎어말아국수?'

나는 좀체 그런 음식이 뭔지 감이 잡히지 않았다. 윤 처사 아저씨도 감이 잡히지 않는지 고개를 갸우뚱하면서 물었다.

"엎어말아국수요? 고것이 뭣이다요?"

희명 스님이 고개를 끄덕이며 짧게 대답했다.

"먹어보믄 알제. 기가 맥히제!"

한참 뒤 식당 아주머니가 커다란 쟁반에 '엎어말아국수' 세

그릇을 가져와 세 사람 앞에 하나씩 놓았다. 희명 스님이 먼저 젓가락을 들어 시범을 보였다.

"위에 있는 국수를 한 젓갈씩 먹음시롱 아래에 깔린 것도 같이 집어묵으믄 되제."

위에는 냉면 면발이 가득하고 냉면 밑에는 얇게 썬 고기가 깔려 있었다. 윤 처사 아저씨와 나는 서로 마주보며 가볍게 웃고 나서 젓가락질을 했다.

세 사람 모두 순식간에 냉면 그릇을 비웠다. 희명 스님이 윤 처사 아저씨와 나를 보고 물었다.

"오랫만에 목구멍 때 좀 벗겨냈제?"

윤 처사 아저씨가 고개를 끄덕였다. 나도 입을 다문 채 고개만 끄덕였다.

냉면을 다 먹고 나자 식당 아주머니가 매실 차를 가지고 와 희명 스님께 물었다.

"애한테선 가끔 연락이 오는지요?"

애라고? 아마 이 보살 누나를 두고 하는 말인 것 같았다.

희명 스님이 퉁명스럽게 대답했다.

"중 공부 하러 간 녀석이 자주 연락하겠는가?"

"누구를 닮아서 그렇게 모진지…."

식당 아주머니가 말끝을 흐렸다. 희명 스님도 더 이상 토를 달지 않았다.

나는 단정했다. 이 보살 누나구나. 근데 식당 아주머니가 그 누나 안부를 왜 묻지? 나는 궁금했지만 따져 물을 수가 없어 가만히 있었다. 윤 처사 아저씨는 어떤 상황인지 알겠다는 표정으로 고개를 끄덕였다.

그날따라 희명 스님은 유난히 내게 잔소리가 많았다.

"응식이 니는 절에서 고등학교꺼장 다녔은께 인자 큰 절에 가서 불교 공부를 제대로 해서 중 노릇 한번 제대로 해야 한다!"

"스님같이만 하면 중 노릇 제대로 하는 것 아니라요? 지네 한 마리도 못 죽이게 할 정도로 계를 잘 지키는 것 스님한테 배웠으믄 되었제, 뭔 공부를 또 해야 중 노릇 하는 것이다요?"

"아녀, 나는 중 시늉만 낸 것이여. 내가 중 노릇 제대로 못했기에 이 보살도 공부 보냈제. 인자 응식이 니 차례여."

절에 돌아와 잠자리에 누워 있자 오늘 일어난 일이 다 궁금했다. 희명 스님이 나를 공부 시키러 떠나보낼 생각인 것도 그렇고, 살생을 무지 싫어하는 분이 고기가 깔린 냉면을 사준 것도 평소의 희명 스님답지 않았다. 그런데 무엇보다도 의아한 것은 이 보살 누나에 관한 것이다. 식당 아주머니가 왜 안부를 물었는지…. 어쩌면 아는 사람이 요새 보이지 않으니까 물었을 수도 있겠지만, 아무래도 그 정도가 아닌 것 같았다.

"윤 처사 아저씨, 궁금한 것이 하나 있는데, 아저씨는 아실 랑가?"

"뭣이 궁금하디야?"

"이 보살 누나요. 식당 아주머니가 연락 자주 오는가를 왜 물어봤다요?"

"응, 그건…."

윤 처사 아저씨도 말끝을 흐렸다. 사연을 알고 있으면서도 내게 말을 하기는 좀 곤란한 모양이었다. 나도 더 묻지 않았다.

3월이지만 아직 찬기운이 절 마당을 감싸고 있었다. 내가 순천의 큰 절로 공부하러 떠나는 날이다. 희명 스님이 내 손을 잡고 당부의 말씀을 하셨다.

"강원에 들어가믄 한눈 팔지 말고 오로지 공부만 열심히 해 야 한다. 중 아니믄 팔만사천 지옥을 다 채울 수 없다는 말도 있다. 그만큼 중 노릇 제대로 한 사람이 없다는 얘기이다. 응식 이 니는 중 노릇 제대로 하여 반드시 큰스님이 되어야 한다!"

나는 속으로 스님만큼만 하면 되겠지요, 라고 대꾸했다. 윤 처사 아저씨는 눈물을 보였다.

"인제 가믄 또 볼 수 있을지 모르겄다. 으짜든지 몸 건강히
지내야 한다."

두 분의 배웅을 받으며 나는 구지암을 떠났다.

큰 절 생활은 쉽지 않았다. 군대 생활보다 더 힘들다는 행자
생활을 6개월 넘게 한 뒤 겨우 사미계를 받았다. 그런데 그게
끝이 아니었다. 다음은 본격적으로 공부를 해야 하는 강원 생
활이 기다리고 있었다. 나는 아직 군대를 안 가봐서 모르는데,
군대를 다녀온 강원 선배들 얘기론 군대는 몸만 힘들지 머리는
힘이 안 드는데 스님 되는 일은 몸도 힘들지만 공부를 해야 해
서 머리까지 힘들다고 했다. 4년 여의 강원 생활을 마치고 가까
스로 비구계를 받아 정식 스님이 되었다. 구지암에서 중고등학
교 6년, 강원에서 4년 6개월, 그리고 보니 절에서 산 지 10년이
넘어서야 스님이 된 것이다.

강원을 마치자마자 여기저기 떠돌고 싶었다. 강원 동기들은
안거에 참여를 해서 장판 때를 묻히는 참선수행을 한다고 했
지만, 나는 일단 떠돌기로 했다. 속으로는 떠도는 것도 수행이
라고 생각하면서 말이다.

일반인들과 섞여 있을 땐 승복 입은 내가 표 나서 불편하지

만, 절집으로 돌아다니기엔 승복 입었다는 게 참으로 다행이다 싶었다. 대한민국 어느 절에 가서든 승복 입고 있으면 자는 것 먹는 것을 걱정 안 해도 되기 때문이었다.

전국을 떠돌다가 충청도 해안에 있는 절까지 왔다. 그런데 여기서 뜻밖에 앓아누웠다. 그동안 전국을 떠돌아 다닌 여독인지, 지난 10여 년의 긴장이 풀려서인지 알 수 없지만 몸과 마음 모두 가라앉아 움직이기가 힘들었다. 그래서 절 뒷방을 하나 차지하고 드러누워 땀을 쏟아내고 있었다. 거기서 희명 스님의 입적 소식을 알 게 된 것이었다.

땀을 뻘뻘 흘리며 이리 뒤척 저리 뒤척 하다가 가까스로 기운을 차려 툇마루에 나가 앉아 있는데 마루 한 쪽에 주소 띠지를 뜯지도 않은 불교 신문이 있어 아무 생각 없이 신문을 꺼내 펼쳤더니 한 면에 도순사 구지암 희명 스님이 입적하였다는 기사가 실려 있었던 것이다. 나는 그저 '아!' 하는 탄성 소리밖에 나오지 않았다. 방으로 다시 들어온 나는 걸망을 꾸렸다. 구지암으로 가야겠다는 생각밖에 들지 않았다. 강원 마쳤으면 구지암부터 갔어야 하는데, 나는 전혀 그런 생각을 내지 않았다. 강원 생활 하는 동안에도 구지암에 한번도 다녀오지 않았다. 내가 사사로운 정에 매이지 않을 만큼 신심이 깊어서도 아니었다. 구지암의 이 보살 누나와 윤 처사 아저씨가 그립기도 했지만, 희명 스님을 마주하는 게 무의식 속에서 버거웠는지 모른다.

걸망을 지고 밖으로 나오자 공양간에서 나이든 공양주 보살이 쪼르르르 달려나와 걱정을 했다.

"스님, 아직 몸이 다 낫지 않으셨는데 어딜 가시려고요?"

"예, 이만하면 갈 만합니다. 그동안 신세 많이 졌습니다."

나는 공양주 보살과 길게 대거리 하지 않고, 주지 스님께 인사도 드리지 않고 절을 나섰다. 오늘 안으로 구지암에 도착하려면 서둘러야 할 것이다. 구지암에 가면, 희명 스님만 없지, 어쩌면 이 보살 누나도 있고 윤 처사 아저씨도 있을 것이라는 생각이 들었다.

모두의 건투를 빈다

1천 년쯤 시간이 흐른 뒤, 역사소설이나 판타지소설을 쓰는 이들은 서기 2020년 봄을 '코로나19'라는 역병이 창궐하여 거리엔 입마개를 한 새로운 인종들이 슬금슬금 걸어 다녔고, 입마개를 하지 않고선 버스나 지하철도 못 타고, 음식점이나 도서관 박물관 등은 문을 걸어 잠가 파리나 바퀴벌레 등이 주인 노릇을 했다고 쓸지 모른다. 나아가 체온을 재 높게 나오면 어떤 건물도 못 들어가고, 다른 나라로 들고 나는 관문인 공항이나 항구엔 특히 입마개를 안 한 채로는 얼씬도 안 했다고 쓸지 모른다.

여름이 되었는데도 코로나19 역병은 잠잠해지지 않는다. 많은 사람들이 날씨가 더워지면 코로나 바이러스가 맥을 못

추고 사라질 줄 알았다. 그러나 코로나19는 무더운 여름인 지금도 기승을 부리고 있다.

이러한 때에 나의 분신이나 마찬가지인 소설집《나는 실패한 라이카가 아니다》를 세상에 내놓는다. 욕심을 한정 없이 부려 틈날 때마다 더 만지고 싶지만 작품 발표할 당시 내가 가장 절실하게 여겼던 사안들이라 이쯤에서 내 품을 떠나보낸다. 미흡하면 미흡한 대로 다 제 몫을 할 것을 믿으면서….

부모는 자식이 밉든 곱든 애정 어린 눈길을 거두지 못한다. 소설도 마찬가지. 잘 짰든 못 짰든, 잘 썼든 못 썼든 내 작품들을 대하는 내 마음은 늘 애틋하다. 특히 양이 덜 차는 작품일수록 더 애틋하다. 자식도 그러하지 않은가. 못난 자식일수록 더 짠한 법!

이 책에 실은 작품들은 거개가 약자이거나 소수인 사람들이 주인공이다. 나아가 사회의 부족한 제도 혹은 모순된 질서 때문에 고통을 겪어야 하는 사람들이 나오기도 한다.

문학은 권력도 되지 않고 돈도 되지 않아 힘이 무척 약하다. 그러나 권력과 돈 때문에 고통을 받는 사람들의 모습을 그린다. 그럼으로써 독자들에게 공감을 불러일으키게 한다. 사람마다 가지고 있는 그 공감 능력이 사회를 살 만하게 바꾼다. 그렇다면 문학은 참으로 힘이 세다!

　장맛비와 땡볕이 번갈아 들며 후텁지근하다. 전쟁 중에도 사랑을 해야 하고, 전염병 시대에도 밥을 먹어야 하고, 장마가 들고 땡볕이 내리쬐어도 살아 있는 한 저마다 주어진 삶을 살아내야 한다. 일곱 편의 소설 속에 그린 인물들 모두 제각각 어려움이 있지만 또 저마다 지닌 삶의 지향점이 있다. 그들 모두의 건투를 빈다. 나는 항상 내 소설 속의 인물들을 응원할 것이다. 그들이 못난 짓을 할지라도…. 그들의 못난 짓이 어쩌면 더 큰 삶의 원동력이 될 것이라 믿는다.

　늘 내 문학을 응원해주며, 세월호 수장 사건만 다룬 소설집 《눈동자》에 이어 이번 소설집까지 맡아 어려운 시절에 되레 더 앞으로 나아가고자 하는 단비 출판사의 김준연 대표에게서 뜨거운 동지애를 느낀다. 그리고 난삽한 원고를 보기 좋은 책으로 꾸며 준 편집자와 디자이너에게 고마운 마음을 전한다.

2020년 여름 無山書齋에서

박상률